Louca por você

Universo dos Livros Editora Ltda.
Rua do Bosque, 1589 – Bloco 2 – Conj. 603/606
CEP 01136-001 – Barra Funda – São Paulo/SP
Telefone/Fax: (11) 3392-3336
www.universodoslivros.com.br
e-mail: editor@universodoslivros.com.br
Siga-nos no Twitter: @univdoslivros

A. C. MEYER

Louca por você

São Paulo
2014

UNIVERSO DOS LIVROS

Diretor editorial
Luis Matos

Editora-chefe
Marcia Batista

Assistentes editoriais
Nathália Fernandes
Rafael Duarte
Raíça Augusto

Preparação
Bárbara Prince

Revisão
Rodolfo Santana
Viviane Zeppelini

Arte
Francine C. Silva
Valdinei Gomes

Arte de capa
Zuleika Iamashita

Dados Internacionais de Catalogação na Publicação (CIP)
Angélica Ilacqua CRB-8/7057

M559s

Meyer, A. C.
Louca por você / A. C. Meyer. – São Paulo: Universo dos Livros, 2014.

208 p. (After Dark)

ISBN: 978-85-7930-723-2

1. Literatura brasileira 2. Ficção 3. Romance Erótico I. Título

14-0332 CDD B869

Prefácio

Um livro cômico, apaixonante e cativante.

Não existe a mais remota possibilidade de querermos abandonar o enredo antes de saber o seu desfecho.

É o tipo de leitura que nos mantém ligadas, eufóricas e cheias de expectativa. E quando por fim o livro acaba, a sensação de saudade é imediata.

Um livro bom é aquele que deixa cada personagem na memória, nos fazendo desejar que eles fossem reais. Que nos aproxima da escritora, cuja linguagem é de igual para igual.

Um bom escritor sabe agradar seus leitores quando escreve um livro inesquecível, como *Louca por você*.

M. S. Fayes.

Agradecimentos

Este livro não teria sequer saído da minha cabeça sem o apoio e a colaboração de algumas pessoas, às quais eu não posso deixar de agradecer.

À Cris Saavedra e Ingrid Duarte. Não tenho palavras no mundo para agradecer tudo o que vocês fizeram e fazem por mim, diariamente. Obrigada pelo apoio, incentivo, torcida e por me ajudarem a espalhar o amor pelos meninos do After Dark. Escrever, tendo vocês como leitoras beta, com certeza é muito mais divertido. A nossa amizade é maravilhosa. Amo vocês.

Às minhas agentes, Flavia Viotti e Meire Dias. Obrigada por acreditarem no potencial do *Louca por você* e me ajudarem a torná-lo realidade. Eu me sinto muito orgulhosa em fazer parte desse time, e tenho certeza que nossos caminhos não se cruzaram por acaso. Vocês são incríveis!

À minha editora Marcia Batista, que abraçou o *Louca por você* com tanto carinho e fez com que ele ficasse ainda melhor do que eu imaginei. Sinto um orgulho sem tamanho por ser publicada pela Universo dos Livros e ainda me belisco, todos os dias, para ter certeza que é real. Obrigada, obrigada e obrigada!

À Andrea Santos, Lela Simões, Jamille Freitas, Sam Silveira e Vê Góes pelas palavras de carinho, incentivo e torcida. Nós chegamos lá!

À minha mãe, que é essa pessoa tão importante na minha vida. Sua preocupação e torcida para que tudo desse certo foi indispensável para mim. Mais do que minha mãe, você é a minha melhor amiga, e dizer que te amo não é suficiente para demonstrar o quanto você é importante para mim. Obrigada por entender que o tempo ficou curto, mas que o amor que temos uma pela outra só cresce. Te amo.

Ao Felipe Meyer, por estar ao meu lado, todos os dias. Não passou um dia sem que você me desse força, perguntando ou sugerindo algo. O seu apoio foi indispensável para que eu conseguisse terminar esta história. A moto do Danny continua intacta, eu juro! Obrigada por me ouvir falar tanto sobre o livro, sobre literatura romântica feminina e as leitoras. E por inspirar os olhos absurdamente verdes do Danny Boy.

A todos os blogueiros incríveis que fizeram a divulgação de *Louca por você* em seus sites e redes sociais. O trabalho que vocês fazem por amor à literatura é algo espetacular, e eu sou muito grata por seu suporte e carinho.

E, finalmente, mas não menos importante, a todas as leitoras, por me acompanharem nessa jornada, curtindo meus posts no Facebook, compartilhando tudo que saía a respeito do livro, chamando as amigas para conhecer e mandando lambidas ao Alan por e-mail. Inúmeras vezes me vi com lágrimas nos olhos e um sorriso bobo no rosto, ao ler as mensagens de vocês. Vocês foram o principal motivo para que eu acreditasse que, um dia, tudo isso seria possível.

Obrigada por amarem Danny e Julie tanto quanto eu, e por elegerem George como o melhor amigo que uma garota pode ter! Desejo, de coração, que cada uma de vocês encontre um BFF como ele.

À minha mãe. Porque não existe amor no mundo igual ao seu.

Capítulo um

Julie

Está vendo aquela moça deitada na cama? Sim, aquela loirinha magra, de óculos e pijama do Bob Esponja, enrolada no edredom, ouvindo assustada os gemidos da casa ao lado?

Prazer, essa sou eu e vou te contar minha história.

Todas as noites eu me assusto com os gemidos da casa vizinha. E sofro de inveja ao ouvir os gemidos de garotas aleatórias que, na verdade, deveriam ser meus...

Meu nome é Juliette Walsh, mas todos sempre me chamaram de Julie. Tenho 28 anos e desde criança sou perdidamente apaixonada por um cara que não me enxerga. Ou melhor, enxerga sim, mas como se eu fosse sua irmã mais nova. E o tal cara é o provocador de gemidos alheios...

Eu convivi com Daniel basicamente a minha vida inteira. Ele é três anos mais velho do que eu e sua irmã, a de verdade, é a minha melhor amiga. Éramos vizinhos. Nossos pais eram muito amigos e quando, aos quatorze anos, eu perdi os meus em um acidente de carro, a mãe deles passou a ser como minha.

Sou filha única, meus pais também eram e meus avós já haviam falecido. Os Stewart foram a única família que me restou.

Minha mãe era uma mulher linda, com cabelos loiros longos e brilhantes, e expressivos olhos castanhos. Herdei essas características físicas, mas não sou, nem de longe, tão bonita. Ela era uma dessas pessoas absurdamente apaixonadas – pelo meu pai, é claro. Perder toda a minha família de uma vez foi um grande sofrimento mas, pensando por outro lado, foi melhor assim... Meus pais eram um casal irritantemente feliz; eu não acho que um dos dois sobreviveria à perda do outro.

Foi deles que herdei minha crença de que o amor deve mover nossas vidas e que um dia eu também encontrarei um príncipe encantado que me resgatará dos meus problemas, me levará para cavalgar ao pôr do sol e com quem serei feliz para sempre...

E eu o encontrei, primeiro, na figura de um menino levado, que puxava minhas tranças e fazia eu e sua irmã Johanna corrermos atrás dele.

Depois, durante a adolescência, vi aquele menino levado virar um rapaz charmoso, que com um estalar de dedos conseguia conquistar o coração de todas as meninas da escola. Inclusive o meu.

Após a perda dos meus pais, fui morar na casa dos Stewart e Danny passou a cuidar ainda mais de mim. Ele não me deixava namorar nem sair com seus amigos, porque dizia que eu não tinha idade para brincadeiras de gente grande. Ele também tratava Jo mais ou menos assim.

Até que ele foi para a faculdade cursar Administração e eu consegui ter uns namoradinhos. Nada sério. Eles, na verdade, serviam para me dar experiência para quando Danny voltasse definitivamente para casa e, é claro, para os meus braços.

Mas não foi isso que aconteceu. Após a formatura, ele voltou mais bonito, sedutor e charmoso, e ainda me tratando como irmã, como se eu fosse uma garotinha de catorze anos e não uma mulher de 21, o que me fazia quicar de tanta raiva.

Danny voltou da faculdade com um projeto de vida que casava perfeitamente com o meu: ele decidiu abrir um negócio, em sociedade com seus dois melhores amigos, Rafe e Zach. Um grande bar, com música ao vivo todos os dias e um grupo de barmen mega simpático. Dezoito meses depois, o After Dark abriu as portas com um sucesso estrondoso, virando o *point* dos jovens.

Você deve estar se perguntando como é que o meu projeto de vida casava com o dele. Simples: o que eu faço de melhor nesta vida é cantar. É a única coisa que eu sei fazer, que eu sonhei fazer, que eu me preparei para fazer... mas que o Danny não me deixa fazer. É mole?

Quando eles começaram a entrevistar as bandas para o bar, eu me ofereci, pedi, implorei por uma chance, mas Daniel dizia que eu não estava preparada para enfrentar uma multidão e proibiu os meninos de tocar nesse assunto.

Quando eu dizia que faria testes em outro lugar, era um terror. A gente discutia muito e eu acabava cedendo. Por quê? Porque o amor é cego, surdo, mudo e idiota.

Como eu não podia seguir o sonho de cantar, acabei aceitando trabalhar no After Dark servindo as mesas.

Eu nunca quis ir para a faculdade. O sonho da minha vida era cantar. Fiz inúmeras aulas de canto, dança, aprendi a tocar vários instrumentos. Por isso, nunca me preparei para outro tipo de emprego.

Pouco tempo depois da inauguração do After Dark, resolvi me mudar da casa dos Stewart. Eu amo os pais de Daniel como se fossem os meus, mas queria ter meu próprio espaço. Coincidentemente, um imóvel ao lado da casa do Daniel (que mora sozinho) ficou vazio e Danny sugeriu que eu me mudasse para lá. Assim, ele não teria de se preocupar comigo, e eu teria alguém da "família" por perto.

Eu só pensava que agora ele veria que eu cresci, que não era mais a garotinha de tranças que ele conhecia. Resgatei um dos investimentos que o meu contador havia feito e comprei a casa, sonhando que, se eu ficasse por ali, um dia Danny me notaria.

E você acha que isso daria certo? Pois é, eu também não deveria ter achado. É por isso que estou deitada na minha cama, sozinha, durante a minha folga de sexta-feira à noite, ouvindo os gemidos cada vez mais altos da "periguete" da vez, que se farta com o homem que deveria ser meu.

A casa de Danny mais parece um bordel. Ele tem um fogo invejável e, a cada noite, uma companhia diferente. Ainda bem que a maioria da vizinhança também é solteira e não liga para isso. Seria complicado se tivéssemos vizinhos idosos querendo assistir à novela ao mesmo tempo em que o canal adulto passa, ao vivo, na casa ao lado.

O fato de ser dono de um bar facilita e muito as conquistas dele. Todo dia Daniel sai de lá com uma esquelética pendurada no braço rumo ao seu ninho do amor. E, apesar de toda essa rotatividade e desse fogo, ele nunca me deu a oportunidade de experimentar sequer o sabor do seu beijo.

Fico aqui, arfando e frustrada, enquanto ele se sacia com a foda da vez.

Você deve estar se questionando por que eu não me mudo, por que não mudo minha vida.

Eu te respondo, e tenho certeza de que você vai achar que sou mais doida ainda: o que me mantém aqui é a esperança... É o que me faz ficar e aceitar um emprego com o qual eu não sonhei, abrir mão do meu desejo e passar as noites ouvindo os gemidos da casa ao lado. A esperança burra de que, um dia, ele vai acordar e ver que a mulher da vida dele sou eu. Isso parece idiota até para mim. Mas quem disse que eu consigo desistir desse homem?

E toda noite eu passo pelo mesmo tormento. Primeiro raiva, depois frustração. Levanto e bebo água para tentar me acalmar, porque me recuso a me tocar para buscar algum alívio enquanto ele está fodendo alguma vadia aleatória. Então eu deito de novo, ligo a TV, acesso a internet para ver se tem algo interessante nas redes sociais, ou, pelo menos, alguém para conversar. Rolo de novo na cama. Às vezes, fico inspirada e escrevo músicas que nunca vou cantar para ninguém e que falam de todo o amor que sinto por esse idiota. E assim vou, até que a madrugada chega, a casa ao lado silencia e eu, exausta, consigo dormir.

Capítulo dois

No dia seguinte, eu me forço a levantar às sete da manhã para tomar um banho e me preparar para minha corrida matinal.

Tem duas coisas de que não abro mão de manhã: minha dose gigante de cafeína e minha corrida. Elas são essenciais para que eu consiga enfrentar o resto do dia, já que eu sou uma pessoa de hábitos e trabalho noturnos.

Hoje vou trabalhar no After Dark e tenho de estar bem disposta para enfrentar a noite.

Visto minha *legging*, calço o tênis, pego meu iPod e seleciono as músicas "de mulherzinha", que me animam para correr. Saio pela porta cantando "Baby One More Time" com a Britney Spears.

Vou me aquecendo e bato na porta de George, meu companheiro de corridas e melhor amigo. Ele sabe tudo sobre mim – meus sonhos musicais e minha paixão não correspondida pelo Danny.

– George, vamos! Acorda! – bato com força em sua porta.

– Já vou, garotinha – ele grita lá de dentro. – Deixa eu me despedir do meu amado.

Se George não fosse gay e tão bem casado com o lindo Ben, eu largava essa paixão doida pelo Danny e agarrava George para mim. Ele é lindo, inteligente, bem-sucedido, cheiroso e se veste bem. Tem cabelos escuros e olhos profundamente azuis. É basicamente um Colin Egglesfield... Seria perfeito se ele não gostasse tanto da mesma coisa que eu!

– Garotinha, que cara é essa? Parece até que caiu de um caminhão de mudanças. O que foi, não dormiu de novo? – enquanto fala, George enfia um *donut* na boca, sem me dar tempo de reclamar que ele está comendo besteira. Ele está numa dieta intensa, pois tem um casamento para ir e precisa entrar no seu chiquérrimo terno Armani.

– Pois é. O especial ao vivo da Playboy TV não me deixou dormir de novo – respondo, buscando bom humor não sei de onde a essa hora.

– Garotinha, você precisa fazer alguma coisa: ou pular em cima do Danny Boy, aquele deus grego do sexo, ou arranjar um outro bofe para tirar as teias de aranha e espantar essa frustração.

– Cala a boca. Se eu pular em cima dele, ele vai continuar achando que sou criança e quero brincar de pique, e não tenho nenhum amigo ou conhecido que me atraia. Anda, liga a Rihanna aí e vamos correr.

Corremos cerca de cinco quilômetros na companhia das nossas divas pop e, na volta, paramos na Starbucks. Essa é uma rotina de que não abrimos mão: tomar um cappuccino com baunilha e descansar um pouco em um dos sofás espalhados pela loja.

– Garotinha, e o teste para ser *backing vocal* daquela banda de pop? Quando vai ser?

– Semana que vem. Mas não sei...

– Não, não, não! – ele me interrompe. – Nada de me enrolar com esse papo de que não sabe se deve. Você trabalha há anos no After Dark, e o belo idiota nunca te deu uma chance.

Nada de jogar sua oportunidade pela janela. Você tem uma voz fenomenal.

Nessa hora, meu telefone apita o som de uma mensagem chegando:

```
Jo: Alguma novidade? Falou com ele?
```

Jo me manda a mesma mensagem todos os dias. Ela ainda tem a esperança de que, depois de todos esses anos, um dia eu vou acordar, bater na porta do Daniel e me declarar.

```
Eu: Nope.
```

É a minha resposta padrão. Assim que eu aperto "enviar", assusto-me com o telefone vibrando em minha mão e atendo sem nem checar quem está me ligando tão cedo.

– Alô?

– Ju, é o Danny – ele é a única pessoa que me chama assim. – Você está na rua? Estou batendo na sua porta e você não atende...

– Bom dia, querido, estou sim. George e eu estamos na Starbucks. Precisa de algo?

– Eu só queria avisar que vou fazer uma viagem de emergência. Apareceu um imóvel que o corretor disse que seria perfeito para a nova filial do After Dark. Os meninos estão pensando em expandir para outras cidades o nosso empreendimento.

– Ah, ok. Vai ficar muito tempo fora?

– Ainda não sei. Estou planejando uma semana para estudar o local e fazer alguns levantamentos. Pode ser que precise ficar um pouco mais, mas eu aviso vocês.

– Ok, Danny. Pode ficar tranquilo, vai ficar tudo bem no After Dark. Os meninos vão com você?

– Zach vai, mas o Rafe vai ficar. Se precisar de alguma coisa, liga para ele. Agora vou passar na casa da mamãe antes de pegar o voo. Beijos.

– Pode deixar. Boa viagem. Beijos.

Desligo o telefone com cara de triste, e George levanta a sobrancelha, questionando sobre o que aconteceu.

– Ele vai viajar para ver um imóvel. Nem acredito que vou ficar tantos dias sem ver o Danny.

– Julie, esquece esse homem! Vou precisar te arrastar para uma festa louca, para você arranjar um gato quente e tirar esse Daniel da cabeça.

Dou risada com seu comentário.

– Deixa isso pra lá. Neste momento, a única coisa quente que eu quero é um banho.

*

Às cinco da tarde, chego ao After Dark e me preparo para o meu turno. Antes de começar a trabalhar, a gente sempre se reúne para repassar detalhes, ouvir o ensaio da banda e receber um feedback da noite anterior.

Ao entrar no salão principal, me assusto com os gritos de Rafe ao telefone.

– FILHO DA PUTA! NÃO ACREDITO QUE VOCÊ VAI FAZER ISSO COMIGO HOJE!

Meu susto é grande, esse não é o comportamento normal para Rafe. Ele é educado, charmoso, com um tom de voz meio rouco que enlouquece boa parte das frequentadoras do bar.

Ele desliga o telefone com cara de quem perdeu o melhor amigo.

– Rafe, o que aconteceu? Posso ajudar?

– Não, Julie. Vou ter que encontrar um novo cantor para daqui a duas horas. Tô fodido.

– O que aconteceu com Snash?

Snash é o vocalista da "The Band" (nome tão ridículo quanto o do cantor), que toca aqui no bar durante os fins de semana.

– O filho da puta desistiu de cantar. Disse que teve uma porra de uma visão com um guru qualquer que o mandou largar tudo e seguir para a Índia em busca da paz interior. Dá pra acreditar numa porra dessas?

É, não dá. Ou melhor, até dá, porque o Snash sempre foi todo ligado nessas coisas de paz interior. Um chato.

– Eu posso ajudar, Rafe. Deixa eu cantar? – faço minha melhor cara de Gato de Botas para tentar convencer esse homem em desespero.

Ele olha para mim, passa as duas mãos no seu cabelo já completamente bagunçado e abaixa a cabeça de novo.

– Gatinha, você sabe que esse tema é tabu por aqui. Se eu fizer isso, o Danny me mata.

– Eu não entendo por que ele não me deixa cantar no bar. Eu canto bem, vocês sabem disso. Não vou envergonhar vocês.

– Ele acha que, se você cantar aqui, os caras vão dar em cima de você, e você é uma menina inocente para enfrentar esses tubarões.

– Rafe, vocês são ridículos. Eu tenho *28* anos, porra. Não sou uma menininha, sei me defender. Quando vocês todos vão se dar conta disso?

– Eu sei que você é uma mulher. Mas o Danny encara você e a Jo como as irmãzinhas dele. Isso, para um cara, é sagrado.

– Isso é uma merda e você sabe. E quem você vai colocar no lugar do Snash?

– Não sei, Julie, não sei.

Saio de perto dele espumando de tanta raiva. Como eles podem ser tão imbecis? Eu preciso fazer alguma coisa para mudar isso.

Fico no bar ajudando Jack, o barman, a colocar as bebidas em ordem, até que Rafe vem até mim, com ar de perdedor.

– Você sabe que, quando o Danny descobrir que eu deixei você cantar, ele vai acabar comigo, né?

– Não conseguiu ninguém?

– Não, Julie. Ninguém. Você pode?

Dou um grito e pulo em cima dele.

– Uhuuuuuuu! Claro!

Ele me coloca no chão e sacode a cabeça, soltando um "Tô fodido" baixinho. Vai então para o escritório, enquanto eu faço a minha dancinha da vitória e ligo para Jo e George, pedindo que eles me tragam roupas adequadas, maquiagem e apoio moral.

Capítulo três

Enquanto espero minhas duas fadas madrinhas, vou até o palco conversar com os meninos da banda, para saber qual a *playlist* da noite.

Minha memória para músicas é gigante, então não tenho dificuldade em decorar as letras. Além disso, já cantei inúmeras vezes com eles, antes do bar abrir, e longe do Danny.

– Nossa estrela está pronta para brilhar? – pergunta Alan, o guitarrista. Ele é o mais gato dos três músicos. Alto, cabelos castanhos bem lisos e todo tatuado. Eu costumo brincar com a Jo que ele é o Kellan Kyle – de Thoughtless – da vida real. E o que tem de menina querendo ser a Kiera dele...

– Estou! Estou muito nervosa, mas quero me concentrar para fazer o meu melhor. Quero que seja a primeira de muitas apresentações.

– Você sabe que quando o Danny descobrir...

– Deixa o Danny de fora. Sábado à noite as pessoas vêm pra cá na expectativa de dançar ao som da The Band. Não podemos frustrar os clientes – falo com um sorriso no rosto, tentando enrolá-lo.

– Por mim tudo bem – diz ele, rindo. – Vai ser maravilhoso tocar de verdade com você. A nossa *playlist* de hoje era esta, mas acho que podemos fazer umas mudanças para dar um pouco mais de personalidade ao show – diz ele, estendendo um papel com a lista de músicas.

Passo os olhos pelos títulos, aprovando suas escolhas e pensando em umas três ou quatro que eu gostaria de incluir.

– Tem uma caneta aí? Queria incluir umas músicas, posso?

– Claro! Pode incluir e tirar o que quiser.

Sento na beira do palco para escrever, enquanto penso que essa é uma oportunidade maravilhosa que não vou deixar passar.

Essa vai ser a primeira de muitas noites à frente da The Band.

*

– Amiga, chegamos! – grita Jo, tirando-me dos meus devaneios.

– Trouxeram uma roupa legal? – eu pergunto animada, já me encaminhando para o camarim improvisado.

A casa só tem um camarim e, como era uma banda exclusivamente de homens, eles dividiam o espaço. Vou me arrumar no escritório do Danny, já que ninguém vai usar o espaço hoje.

George me entrega três sacolas cheias de roupas de uma loja de grife do shopping, na qual eu tenho certeza de que nunca entrei.

– O que é isso, George? – eu pergunto remexendo nas sacolas. – Você não pegou uma roupa pra mim?

– Garotinha, que roupa sua você queria que eu pegasse? Uma de corrida? Ou aquelas calças de ioga que você cisma em usar? É claro que eu e a Jo tivemos que ir ao shopping fazer umas comprinhas para você. E trouxemos umas coisas IN-CRÍ-VEIS! – diz ele, animado e batendo palmas.

– Vai, amiga, tira a roupa, que a gente vai escolher! – Jo vai me empurrando enquanto eu os encaro assustada.

– Mas... mas...

– Sem “mas”, garotinha! Anda, que não temos muito tempo.

Eu fico uns cinco segundos de boca aberta, olhando de um para o outro. Tudo bem, eu não sou a pessoa mais fashion do mundo. Vivo de tênis, *legging* ou com as tais calças de ioga, mas eu tenho um vestidinho preto no fundo do armário que serviria para o objetivo dessa noite.

Saindo do estado de choque, agarro as roupas que eles me dão – uma minissaia preta, toda feita de paetês, e uma camiseta branca – e começo a me vestir.

– Essa saia é muito curta.

– Curta nada, amiga. Você tem que mostrar essas pernas incríveis.

– A blusa está justa...

– Garotinha, tem que realçar a comissão de frente! Como você quer brilhar em cima do palco, se não está vestida de acordo?

Eu me olho no espelho e me acho bonita, mas estranha. A minissaia é muito mini, mas não é justa demais e parece realmente algo legal para usar em um show à noite. E, com a camiseta, o visual ficou básico, o que me agrada bastante.

– Agora, calça esses sapatos!

Pego os sapatos que a Jo empurra na minha mão. Eles são pretos, com saltos muito altos e solados vermelhos Louboutin.

– Meu Deus, vocês devem ter pago uma fortuna! – eu reclamo, incomodada por meus amigos gastarem tanto dinheiro comigo.

– Julie, nada seria perfeito sem esses sapatos. Você *tem* que usar – George fala, soltando uma gargalhada.

Enquanto me calço, eles vão colocando em mim pulseiras e um par de brincos pretos compridos. A única coisa na qual eu consigo pensar é que, graças a Deus, minha depilação está em dia, pois eu não ficaria confortável se tivesse que usar essa saia curta com as pernas peludas.

Não satisfeitos em me vestir e me adornar como se eu fosse uma versão da Barbie, eles me colocam na cadeira que fica no canto da sala e, enquanto Jo abre uma maleta gigante de maquiagem, George começa a soltar meu rabo de cavalo, estudando meu cabelo como se eu fosse uma experiência científica.

– O que vocês estão fazendo? George, prende meu cabelo de volta.

– Garotinha, você tem uma mina de ouro aqui e esconde não sei por quê. Vou te mostrar que a gente pode brincar com esse cabelo e te deixar com cara de "me foda".

– Oh, meu Deus...

– Fecha o olho e aceita, amiga. Vai dar tudo certo.

Sem ter o que fazer, me aquieto na cadeira e deixo os dois artistas trabalharem. Rezo para ficar pelo menos apresentável e para não parecer um palhaço fugido do circo.

Meia hora depois de sofrer, principalmente nas mãos de George, que me puxou, sacudiu e queimou minha cabeça inúmeras vezes, sou autorizada a ficar de pé para que eles possam me "avaliar". Eu me sinto como um cavalo premiado.

Levanto parecendo uma gigante, já que não estou acostumada com sapatos tão altos, que acrescentam pelo menos uns 15 centímetros aos meus poucos 1,58 metro.

Os dois estão parados de boca aberta, e começo a ficar tensa, imaginando que estou ridícula e que não vamos ter tempo para fazer nada diferente porque está na hora do show.

– O que foi, gente? Cadê o espelho? Quero ver!

Nós três nos sobressaltamos com uma batida na porta e George grita um "Entra!", ainda com cara de susto. Rafe entra e começa a falar:

– Ju, está quase na... Puta merda!

Fico mais nervosa ainda. Devo estar péssima, porque Rafe soltou o terceiro palavrão do dia. Merda!

– O que foi? Gente, eu quero um espelho!

– Julie, é você? Minha nossa, o Danny tinha toda a razão. Quando ele souber que eu deixei isso... eu estou fodido – ele diz, mais para si mesmo do que para mim.

Quando George percebe que estou prestes a desmoronar em lágrimas, achando que minha carreira de "diva pop" terminou antes mesmo de começar, ele me leva até o banheiro para que eu possa me olhar no espelho.

Eu me senti exatamente como a Cinderella deve ter se sentido ao ver a mudança que a Fada Madrinha fez nela para o baile.

Olhando no espelho, senti um aperto enorme no coração. Eu estava me vendo, pela primeira vez, exatamente como a minha mãe. Naquele momento ali, eu era a sua imagem perfeita, exatamente como eu me lembrava de quando era criança.

Meus olhos castanhos estavam enormes, destacados pela sombra escura e o delineador que Jo havia aplicado. Na boca, um batom clarinho, com um leve brilho de gloss, deixava meus lábios sensuais.

E meu cabelo nem parecia aquele que vivia preso porque eu achava sem graça. Não sei que mágica George fez, mas o deixou com ondas perfeitas, com volume e ar de "diva pop" exatamente como a gente vê nas capas de revista.

Aquela era uma versão turbinada e adulta da menininha que o Danny estava acostumado a ver. Não é à toa que ele nunca me olhou diferente. Eu parecia ter, no máximo, dezenove anos. Agora, eu era uma mulher de verdade. Linda, sensual e adulta.

– Gostou, garotinha? Fala alguma coisa!

– George, eu amei. Eu seria louca se não gostasse. Eu não imaginava que pudesse ficar tão linda.

Saí do banheiro com um sorriso gigante no rosto e dei de cara com Rafe, ainda desconcertado.

– Rafe, está na hora?

– Vinte minutos. Tem certeza disso? Danny vai me matar, e depois matar vocês três.

Eu ignoro:

– Avisa ao Alan que vamos começar com *Put Your Records On*, da Corinne Bailey Rae – falo, dando a ele o que eu espero que seja meu olhar mais sensual.

Capítulo quatro

Saio do escritório de Danny de cabeça erguida e me sentindo poderosa. Dou um beijo em cada um dos meus amigos e sigo para a lateral do palco, para aguardar minha deixa.

Quando me veem, os caras da banda ficam passados. Acho que o baterista está até babando! Dou um sorriso feliz e fico ao lado de Alan, que segura a minha mão, tentando me passar tranquilidade.

– Está tudo bem, linda? – ele me pergunta ao sentir a minha mão gelada.

– Sim, estou um pouco nervosa, mas bem – profissional, Julie. Seja profissional.

– Fica tranquila, você está linda e vai dar tudo certo. Eu pedi ao Rafe para nos apresentar de uma forma diferente – ele mal consegue completar a frase, quando Rafe anuncia no palco "Juliette & The Band". Uau! Agora sim, a banda tem um nome maneiro. E o meu nome na frente! No meu interior, faço a dancinha da vitória.

Entramos juntos no palco, acenando para a plateia. Antes de começarmos, Alan faz um pequeno comunicado.

– Boa noite, galera! É um prazer receber vocês aqui – as mulheres gritam como loucas. – Quem sempre vem aos nossos shows deve ter estranhado a chamada, mas gostaríamos de compartilhar com vocês que, a partir de hoje, ganhamos um belo reforço com a entrada da Juliette no grupo. Esperamos que vocês gostem do show e se divirtam!

Ele olha pra mim com um sorriso nos lábios. Eu sorrio de volta, meio sem jeito, e aceno para o público, posicionando--me em frente ao microfone.

Os meninos começam a tocar a música que eu escolhi para a abertura. Eu fecho os olhos e me desligo completamente da plateia. O legal de cantar músicas de que se gosta é exatamente se envolver mais, passando toda a emoção. Ouço a minha deixa e começo, com um tom bem suave e charmoso, a cantar os primeiros versos da música:

Three little birds, sat on my window
And they told me I don't need to worry.
Summer came like cinnamon, so sweet,
Little girls double-dutch on the concrete.

Sinto um arrepio dos pés à cabeça. O público começa a aplaudir. A música segue e, de repente, me dou conta de que o resto do bar silenciou. Abro os olhos e percebo que a maioria dos presentes estão me encarando.

Abro um sorriso, meio sem graça, e fecho os olhos novamente, mergulhando na letra que faz eu me sentir tão relaxada e feliz.

Quando acabo o último verso, o público irrompe em palmas, me pegando de surpresa e deixando Alan e os outros meninos orgulhosos.

Prosseguimos, intercalando músicas lentas e outras mais animadas, e o público não para de dançar. Após tocarmos *She Will Be Loved*, Alan anuncia um intervalo de vinte minutos, que é super bem-vindo, já que estou morrendo de sede e calor.

Longe dos olhos do público, os três me abraçam, felizes.

– Julie, foi demais! Nosso show nunca teve uma energia dessas! – o baterista Brian fala ao me abraçar.

– Parabéns. Eu achei que você não daria conta, mas você me surpreendeu – Levi, o baixista, pisca para mim.

– Ju, você é sexy como o inferno e tem uma voz que deixa todos os caras loucos – Alan sussura no meu ouvido e me dá um beijo no pescoço. Sinto um arrepio. Não é à toa que as mulheres no bar ficam gritando. Se eu não fosse apaixonada pelo Danny, daria uns pegas no Alan!

– Meninos, obrigada. Foi demais. Não tenho palavras para demonstrar o quanto estou emocionada e feliz – sorrio para eles e peço licença para falar com Rafe, que está vindo ao nosso encontro.

– Julie, que show! As pessoas estão apaixonadas por você. O Danny vai me matar, mas essa foi a melhor decisão que eu já tomei na vida – ele me dá um abraço de urso muito apertado. Rafe é um fofo, mesmo com seu jeitinho sério.

– Obrigada! Vindo de você, isso é um superelogio. Obrigada mesmo por me deixar fazer isso. Eu preciso beber uma água e queria falar com o George e a Jo antes de voltar ao palco.

– Claro. Eles estão lá no bar. Vou falar com os rapazes.

Dou um beijo em Rafe e vou direto para o bar. No caminho, as pessoas sorriem para mim e eu sorrio de volta, feliz.

Olho ao redor e vejo George acenando enlouquecidamente para mim. Começo a gargalhar. Ele fica hilário fazendo isso, parece uma garotinha que acabou de ganhar uma Barbie nova.

– Garotinha! Você *ar-ra-sou*! Linda! Diva! Tudo! – morro de rir, enquanto ele me abraça muito apertado.

– Obrigada, George. Cadê a Jo? Conta tudo! Você gostou? Eu não desafinei? Estava *tão* nervosa...

– A Jo foi lá fora atender o telefone. Ela anda meio misteriosa com esse celular, viu? Disse que era trabalho. Trabalho num sábado, quase meia-noite? Sei… Mas você foi *mara*! Cantou perfeitamente. Estavam todos emocionados, elogiando a sua voz. Garotinha, se eu não fosse gay, eu te pegava. Nunca imaginei que você fosse naturalmente tão sexy.

Sorrio, pensando no quanto é bom realizar um dos meus sonhos… até que uma nuvenzinha escura passa pela minha mente.

– Tomara que o Danny não me proíba de continuar cantando aqui. Eu ficaria arrasada.

– Ele pode até tentar. Mas, depois desta noite, se você não cantar aqui, vai cantar onde quiser. Tenho certeza de que a sua apresentação vai ser motivo de comentários por muito tempo. A propósito, o Alan não tirou o olho de você. Se eu fosse você, aproveitaria aquele corpo quente e tatuado para tirar o atraso. Já escutei cada coisa sobre o jeito como ele "toca guitarra", se é que você me entende…

Droga! Esse comentário quase me faz cuspir a água que estava bebendo.

– Merda, George! Espera eu terminar de beber antes de falar essas coisas – eu digo rindo, ao mesmo tempo em que tento me recompor. É muito difícil ser uma dama perto de George.

– Não devia nem ter começado a beber. Já te falei: beber sem brindar, vinte anos sem dar. Você já está na seca sabe-se lá desde quando. Espera que eu vou pegar uma água pra te salvar dessa maldição.

Rio tanto que os olhos se enchem de lágrimas. Preciso me abanar para não chorar e ficar com a maquiagem borrada.

Jo chega nesse momento, com o rosto meio vermelho. Ela parece… corada? Nunca a vi com esse ar desconcertado antes. Antes que eu abra a boca pra falar, ela pula em cima de mim.

– *Amigaaaa*! Você estava linda! Até chorei quando você cantou a primeira música! – nos abraçamos, felizes. George nos abraça também e parecemos três malucos carentes em frente ao bar.

– Pronto, garotinhas, uma água pra cada uma, porque nossa Beyoncé loira não pode beber álcool, para não prejudicar o desempenho.

Levantamos nossas garrafinhas e brindamos.

Bebo a água rapidamente, antes que George me faça cair na gargalhada com algum comentário insano. Quando olho em direção aos bastidores, Alan faz sinal de que está na hora de voltar.

– Tenho que ir.

– Garotinha, posso pedir uma música? – George pergunta, fazendo a sua cara mais carente. Não consigo dizer "não" quando ele faz isso comigo. Droga!

– Claro. O que você quer que eu cante?

– *Fever*, um clássico.

– Ai, George. Você é um verdadeiro estereótipo gay: engraçado e fã da Madonna.

– *Adoooooooro*!

Saio de perto deles, rindo, e volto para o palco com meus companheiros de banda. Antes do show recomeçar, aviso ao Alan sobre o pedido de George.

– Perfeito, Julie. Vamos cantar como um dueto?

– Ok.

Eles começam a tocar *Fever*, com uma pegada mais acústica. Eu me posiciono em frente ao microfone e Alan começa a cantar os primeiros versos:

You give me

You give me fever

Never know how much I love you
Never know how much I care
When you put your arms around me
I get a fever that's so hard to bear

Never know how much I love you
Never know how much I care
When you put your arms around me
I get a fever that's so hard to bear

Listen to me baby, hear every word I say
No one can love you the way I do
'Cause they don't know how to love you my way

You give me fever
When you kiss me
Fever when you hold me tight
Fever in the morning
Fever all through the night

Uau! Essa música é sexy! Automaticamente, lembro de Danny e de seus olhos profundamente verdes. Alan dá a deixa para que eu comece a minha parte. De olhos fechados, me imagino cantando apenas para Danny. Minha voz sai mais rouca e eu me espanto com o quão sensual me sinto.

Sun lights up the daytime
Moon lights up the night
My eyes light up when you call my name
'Cause I know you're gonna treat me right

Bless my soul I love you, take this heart away
Take these arms I'll never use
And just believe in what my lips have to say

You give me fever
When you kiss me
Fever when you hold me tight
Fever in the morning
Fever all through the night

Passo a vez para Alan, que segue a canção, me olhando como se estivesse pensando em coisas indecentes. Baixo o olhar, constrangida, e sinto meu rosto ficar vermelho.

Romeo loved Juliet
Juliet, she felt the same
When he put his arms around her
He said Julie, baby, you're my flame
He gave her fever

Merda! Vou matar o George. Esqueci que essa música mencionava o meu nome! Quando Alan canta "Julie, baby, you're my flame", ele pisca o olho para mim e a plateia vai ao delírio.

Viro para a frente e sigo a canção, torcendo para acabar logo porque, do jeito que Alan está empolgado, pode ser que ele acabe me agarrando e me beijando aqui no palco. Aí sim é que o Danny vai me proibir de cantar!

Continuamos a música e cantamos juntos os últimos versos:

He gives me fever
With his kisses
Fever when he holds me tight

Fever, I'm his Misses

Daddy, won't you treat him right

Fever, when you kiss them
Fever, if you live and learn
Fever, 'til you sizzle
What a lovely way to burn
What a lovely way to burn
What a lovely way to burn

Somos aplaudidos de pé. Ouço gritos de "lindo" para o Alan e "gostosa" para mim. Mas acho que o "gostosa" foi do safado do George.

*

O show acaba, sem mais situações estranhas. Não estou acostumada com um homem lindo e tatuado me olhando como se quisesse me comer de colher. Nossa!

Eu me despeço da banda enquanto eles desmontam os equipamentos e desço para o salão, onde encontro Rafe.

– Ju, você foi perfeita. Acho que nunca tivemos um público tão animado! Fiz um levantamento prévio e já batemos o nosso recorde de faturamento. Parabéns! Eu vou fechar o faturamento antes de ir para casa e amanhã você pega o seu percentual de *couvert*, ok?

– Ué, tem isso?

– Claro. Achou que cantaria de graça?

Dou risada e abraço Rafe, agradecendo mais uma vez pela oportunidade.

Sigo até o bar para encontrar meus dois melhores amigos, que parecem muito "alegrinhos".

– Bebe um prosecco com a gente, Julie Fever – George solta com um sorriso bobo.

– Que mané prosecco! Estou acabada. Preciso ir pra casa, tomar um banho e colocar os pés para cima. E você me deve uma por ter escolhido aquela música! Pensei que o Alan ia pular em cima de mim! – George e Jo soltam uma gargalhada e ele nos abraça.

– Todos nós pensamos, garotinha. Vamos embora.

Seguimos para casa, rindo e falando dos melhores momentos da noite.

Entro em casa, tomo um banho e visto uma camiseta do Garfield. Então deito na cama e percebo que esta noite poderei ter um sono tranquilo e feliz, já que a casa ao lado está em completo silêncio.

Capítulo cinco

Daniel

Nem acredito. Depois de horas vistoriando o imóvel, fazendo reuniões com o proprietário, corretor e investidores, mais um jantar de negócios longo demais para o meu próprio bem, finalmente consigo entrar no quarto do hotel para tomar um banho e descansar.

Eu precisei estar duplamente focado, já que Zach saía o tempo todo para falar ao telefone ou mandava mensagens de texto. Fico puto com isso. O cara vem para me ajudar e fica com a cabeça em outro lugar. Eu deveria ter trazido o Rafe, que é mais focado.

Eu sempre funcionei muito melhor à noite do que durante o dia. Então, acordar cedo para viajar e passar o dia fazendo essas atividades burocráticas me deixa quebrado.

E tenho de confessar que ficar longe do After Dark me dói muito. Esse bar é a minha vida. Eu não tenho filhos e não sou casado (graças a Deus!). O foco dos meus dias é o meu negócio, e relacionamento sério não faz parte dos meus planos.

Não me critique. Já basta o esporro da minha mãe hoje de manhã:

– Mãe? Tô entrando.

– Oi, meu filho! Já de pé tão cedo? – minha mãe me abraçou no meio da cozinha e já me empurrou para uma cadeira, querendo me empanturrar com o café da manhã.

– Eu só vim para te dar um beijo. Vou viajar com Zach para ver um imóvel. Acho que conseguimos o que estávamos procurando para a expansão do After Dark.

– Que ótimo, amor. Toma um café e come esse misto quente. Você não se alimenta direito, fica acordado a noite toda... meu filho, você precisa se cuidar. Precisa se cuidar, crescer, fazer uma família...

– Mãe...

– Sem "mãe". Você já tem mais de trinta anos. Não acha que já passou da hora de arrumar uma boa moça? Casar, me dar netos? Você não fica mais jovem a cada dia.

– Mãe, eu já te disse que não quero cas...

– Daniel, está na hora de você repensar a sua vida. Essas meninas que se penduram em você no bar não vão estar lá quando você tiver cinquenta anos. Escuta o que a sua mãe está dizendo. E agora trate de comer porque eu já sei que você vai passar o dia andando de lá para cá e não vai se alimentar.

Mesmo assim, eu não quero saber de relacionamento sério. O After Dark é a minha vida e eu não estou disposto a dividir com ninguém o meu tempo em busca do sucesso. Deixo esse papo de netos e casamento para minhas irmãs, Jo e Julie.

Ok, a Julie não é minha irmã de verdade. Mas cresceu comigo e foi criada por minha mãe desde que os pais dela morreram. Logo, tornou-se tão minha responsabilidade quanto a minha própria irmã. Quando éramos adolescentes, eu até tinha um sentimento especial por ela, até que John, meu melhor amigo do colégio, me flagrou olhando para ela como um cachorro olha para o frango da padaria, e disse que era nojento o que eu estava fazendo, que eu deveria protegê-la de caras como eu. Tive de concordar. Sufoquei meu desejo juvenil e fiz o que qualquer irmão faria: protegi Julie o máximo que pude. Até o momento, deu certo.

Ligo o computador enquanto tiro a camisa e o sapato. Eu realmente estou precisando de um bom banho. Remexo na mala procurando uma cueca, quando ouço o som do e-mail avisando que tenho mensagens não lidas. Levo um susto quando vejo a quantidade de notificações da página do bar no Facebook. Merda! Será que explodiu alguma bomba lá dentro?

Abro o Facebook, já sentindo o começo de uma dor de cabeça. Vou rolando a tela e fico em estado de choque. A quantidade de *check-ins* feitos no bar é infinitamente superior à de qualquer outra noite.

Vou rolando a tela e lendo os comentários:

Lucy: Night maravilhosa com as amigas! After Dark arrasou com o lindo Alan.

Michael: Show de hoje excelente! Parabéns, galera do AD!

Anne: Melhor night de todas!

Lucas: O que é a voz dessa gostosa que está cantando no AD?

Péra. "Gostosa"? Tem algo errado. O Snash e a The Band não têm nenhuma "gostosa". Será que eles convidaram alguém esta noite?

Desço um pouco mais a página e acho uma publicação do vocalista:

```
Snash: Amigos, despeço-me do AD. Rumo à Índia
para encontrar meu equilíbrio.
```

Caralho! Perdemos o vocalista da banda e o Rafe nem me ligou? E quem é a gostosa que cantou? Pego imediatamente meu celular para ligar para o Rafe e vejo cinco mensagens de texto não lidas:

```
Cara, liga pra mim. Problemas.

Danny, vou ter q tomar medidas extremas. O
Snash pulou fora quase na hora de entrar no
show. Liga pra mim!

Liga pra mim, PORRA!!

Foda-se. Quando vcs voltarem, a gente se
acerta. Vc vai ficar puto, mas não tinha outra
alternativa. Arrumei uma substituta para o
fdp do Snash.

Sou foda. Casa lotada. Sucesso. Fiquem por aí
que eu gerencio melhor com vcs à distância. LOL
```

Agora eu estou curioso. Quem será que ele contratou?

Um link na *timeline* do bar me chama a atenção. "Juliette & The Band cantando *Fever* no After Dark." Legal, alguém gravou o show da banda nova.

A qualidade do vídeo não é lá essas coisas, parece ser de um celular. A pessoa que filmou estava bem próxima ao palco. Ela foca primeiro no idiota do Alan começando a cantar. Ele, infelizmente, é um idiota que eu tenho de suportar – se acha o fodão, comendo no camarim as fãs que andam atrás dele. Dá para acreditar que um babaca com um cabelo daqueles tenha fãs?

O vídeo segue até que uma voz feminina, rouca e sensual começa a cantar. A câmera vira na direção dela e... *puta que pariu*! Uma loira linda, gostosa e sensual está cantando com os olhos fechados, balançando o corpo no ritmo da música.

Sinto um arrepio nas minhas costas e meu pau começa a despertar para a vida. Há muito tempo não me sinto assim. É claro, eu estou sempre acompanhado, saio com muitas mulheres lindas, mas esse tipo de desejo, que dá um nó no estômago é mais raro. A sensação que tenho é de que ela está cantando só para mim. Tenho certeza de que cada homem presente no bar essa noite sentiu isso. A música prossegue, a loira gostosa intercalando a música com o Alan idiota, e eu fico pensando nas coisas que aquela boca deve ser capaz de fazer.

Continuo olhando fixo para a tela. Essa loira me parece vagamente familiar. Será que ela já esteve no bar antes? Deve ser só impressão. Uma mulher como ela chamaria a minha atenção, porque, apesar de ser toda sexy e linda, tem um ar de inocência, muito diferente das mulheres que costumam frequentar o After Dark. Quase como se não tivesse consciência do que ela pode provocar nos homens.

A música acaba e o vídeo também. Agora, além de cansado, sinto-me excitado e incomodado. Levanto da cadeira, tiro a calça e vou para o banheiro. Agora, mais do que nunca, eu preciso de um banho. Frio, de preferência.

Capítulo seis

Julie

O domingo chega e eu acordo feliz, como já não me sentia há muito tempo. Um misto de entusiasmo pelo show épico e a sensação de dormir bem a noite toda, apesar de sentir falta do safado na casa ao lado.

Sento na cama, alongando-me, e ouço o toque de mensagem no meu celular.

```
Bom dia, Ju. Correu tudo bem ontem no AD?
Bj, Dan.
```

Droga! E agora? Vou ter de me fazer de boba para ele não desconfiar de nada.

```
Oi, lindo. Tudo bem. A casa encheu bastante.
Volta quando? Xoxo

Sábado que vem. ;) Bj
```

Os homens são tão econômicos com as palavras, ainda bem!

No mesmo momento chega outra mensagem. Fico *tensa*!

```
Garotinha, estou passando aí em 15 mins, com
a Jo, para irmos fazer compras. Fica pron-
ta. Legging proibida. :D George, seu personal
stylist.
```

Todos são econômicos com as palavras, exceto o George! Levanto-me e vou correndo para o banheiro enquanto respondo:

```
Ok. Pode ser a calça de ioga? :D ;)

Nãooooooooooooooooooooo :@ :@

O q são essas :@?

Minha cara de raiva para sua falta de estilo.
Andaaaa!
```

Começo a rir e me enfio no chuveiro com pressa, porque já sei que daqui a pouco ele vai chegar.

★

– Até que enfim largou aquelas coisas horríveis que você costumava usar, hein? – George fala, me olhando dos pés à cabeça com ar de desdém.

– Amigo, mas é confortável…

– Ju, como você quer pegar o Alan Delícia vestida daquele jeito? – Jo fala para mim, muito séria.

Solto uma gargalhada no meio do shopping.

– Jo, ele ganhou mais um sobrenome? E quem disse que eu quero pegar o Alan?

– Garotinha, se você não ficar com ele, eu pego você na porrada. Ele está maluco, louco, pirado para tocar guitarra no seu corpo sedutor.

– Para, George! Você às vezes solta umas frases *tão* bregas! Ele não quer tocar em nada. Aquilo era só cena de palco!

– Para tudo! Você acha que era cena de palco? Meu bem, conheço muito bem um olhar de macho se preparando para pular na presa. Alan Delícia te quer e você deveria querer também, porque ele é delícia!

– Mas, George...

– Se você vier com aquela história de que ama o Danny Boy, eu não vou te ouvir. Garotinha, você sabe que eu te amo. E que eu queria, do fundo do meu coração, que você se acertasse com aquele burro. Ele é gostoso, eu concordo, mas burro. Faz anos que você é apaixonada e ele não te dá a mínima. Você precisa arranjar alguém. Sacudir sua vida, antes que fique velha, louca e cheia de gatos!

– Cheia de gatos não, cheia de livros – eu respondo, emburrada.

– Amiga, o George está certo. Você merece encontrar alguém que te ame. Eu queria muito que o meu irmão fosse esse homem, mas depois de todo esse tempo...

Ouço as palavras dos meus dois melhores amigos e meus olhos se enchem de lágrimas. Eu sei que eles estão certos. Mas acho isso tão injusto. Minha vida não foi das mais fáceis, mas eu nunca reclamei, nem exigi mais do que ela estava disposta a me dar. A única coisa que eu queria era a oportunidade de mostrar ao Danny que eu posso fazê-lo feliz. É o que eu mais queria conquistar, mas não posso.

Respiro fundo, fecho os olhos e tomo uma decisão.

– George? Jo?

– Oi, garotinha.

– Vamos às compras. Quero me tornar uma nova mulher. Se, com o meu novo visual, eu não conseguir fazer o Danny acordar, pelo menos arranjo um namorado. Não quero virar uma velha louca, sozinha e cheia de gatos.

– Isso mesmo! – George fala, batendo palmas. – Vai tocar a "guitarra" do Alan?

Eu e Jo soltamos uma gargalhada. George sabe como nos animar.

*

O dia passa e George nos puxa de loja em loja. Eu não aguento mais. Já compramos shorts, blusas, vestidos, muitos vestidos. George decidiu que meu look de show será composto por itens que deixem as minhas pernas de fora. Agora tenho uma quantidade absurda de vestidos de noite, saias com brilho e blusas decotadas. Tudo acompanhado de sapatos tão altos que, se eu me desequilibrar e cair, corro o risco de quebrar o pescoço.

– Vamos, gatas. Vamos entrar aqui – George fala, me puxando em direção a uma loja. Olho para cima e fico espantada ao ver o letreiro da Agent Provocateur.

– Amigo, o que vamos comprar aqui?

– Pão é que não é! Você precisa de uma lingerie que te coloque pra cima.

Jo faz uma cara assustada. Ela anda estranha, o tempo todo trocando mensagens de texto não sei com quem.

– Gente, eu vou dar um pulinho rápido na loja de couro, no segundo andar. Preciso comprar uma pasta nova.

– Vai, linda. Qualquer coisa, liga.

– Mas, George... – sou interrompida pela vendedora que se aproxima e oferece ajuda.

Obviamente, George assume o comando e separa as peças mais sexy da loja. Eu não estou acostumada com tanta renda.

Um garçom nos serve bombons e prosecco. Fazemos nosso brinde, e me distraio comendo, enquanto George parece estar em uma missão de guerra.

Quarenta minutos e algumas taças depois, sou empurrada para dentro de um provador com uma pilha de calcinhas, sutiãs, espartilhos e outras peças que eu nem sei para que servem.

Começo a experimentar, e o prosecco faz efeito, levando-me a fazer um desfile pelo provador. George vai indicando à vendedora as peças que ele aprova, para que ela possa separar. Se estivéssemos na Victoria's Secret, eu diria que eu era uma Angel, de tanto que sacudi meu bumbum pra lá e pra cá.

Enquanto eu analiso uma peça que é uma espécie de espartilho, George murmura algo para a vendedora, que volta alguns minutos depois com uma pilha de camisolas e *babydolls*.

– Eu não preciso de pijama, George!

– Claro que não. Isso não é pijama. Você vai jogar fora aqueles lixos com os quais você dorme e passar a dormir como uma diva.

Imediatamente, lembro das inúmeras vezes que Daniel apareceu lá em casa, logo de manhã, para tomar café, e eu estava usando uma das minhas camisetas de desenho animado. Abro um sorriso quando imagino a cara dele ao me ver numa camisola preta com renda.

Experimento todas as peças e compramos coisas que, se não fosse pelo prosecco, eu não teria levado. Não sou de beber muito porque, com meu tamanho, qualquer coisa me derruba.

– George?

– O que foi, garotinha?

– Estou bêbada. Preciso comer alguma coisa.

George ri e me leva para um restaurante na praça de alimentação. Quando sentamos, ele liga para Jo.

– Onde essa menina foi parar? Levamos duas horas na Agent Provocateur, e ela ainda está escolhendo uma pasta?

– Ela anda estranha... – eu falo com um sorriso bêbado no rosto.

– Não está atendendo. Vou mandar mensagem.

Estico o pescoço para ver George digitar:

> Bee, kd vc? Estamos naquele restaurante que vc ama. A Ju está bêbada de prosecco, precisa comer algo antes que coma o garçom gostoso que vai nos atender. <3 ;)

Merda! Ele notou? Amo as mensagens do George. São sempre animadas e cheias de emoticons fofos.

Uma sombra aparece perto de mim. Olho para cima e vejo o garçom gostoso. Nham nham.

*

Já estamos quase na metade do almoço e eu já estou bem menos bêbada, quando a Jo chega, com cara de culpada.

– Amiga, onde você estava? Perdeu toda a diversão!

– Eu fui ao banco – ela fala e abaixa o olhar, como se estivesse... constrangida. George não perdoa.

– Jo, meu anjo, três horas e meia para ir ao banco? Você saiu da porta da Agent Provocateur dizendo que ia comprar uma pasta e volta dizendo que estava no banco. Foi dançar *Gangnam Style* na mesa do gerente do banco?

Cuspo um pouco do refrigerante em cima de George. É muito engraçado imaginar a Jo, advogada, toda séria, dançando igual ao Psy em cima de uma mesa.

– Argh, Julie. Que mania!

– Desculpa – falo limpando-o com o guardanapo. – Mas a culpa é sua, que fala essas coisas quando estou bebendo.

Jo continua quieta, olhando o cardápio. Eu e George trocamos um olhar.

– Jo, querida, você não vai nos contar o que está acontecendo? Achei que éramos melhores amigos. Eu me sinto *tão* arrasado com essa sua atitude. Julie e eu contamos *tudinho* pra você, e você nos retribui como? Ignorando e nos afastando da sua vida. É demais para um pobre coração, viu?

Eu reforço o discurso, segurando a mão de George e dando batidinhas de leve. Jo nos olha, levanta uma sobrancelha, com cara de quem não acredita no que está vendo, e incorpora a advogada em um tribunal.

– Você é tão exagerado, George. Eu fui em três lojas procurar uma pasta nova porque a minha está horrível, mas não gostei de nenhuma. Depois fui ao banco fazer uns pagamentos. Encontrei com uma advogada no caminho e parei meia hora para bater papo. Se você ainda quiser cronometrar o meu tempo, parei uns dez minutos para fazer xixi e vim encontrar com vocês.

– Não sei por que, mas não me convenceu – George fala, olhando para mim. – Mas ok, vou deixar passar. Vou respeitar o seu momento.

★

Saímos do restaurante e resolvemos parar na Starbucks. Um café vai cair muito bem para tirar o resto da minha bebedeira. Nota mental: nunca beber mais do que duas taças! Enquanto esperamos o barista chamar nosso nome, Jo tira seu Kindle de dentro da bolsa e começa a ler.

– Qual você está lendo agora? – pergunto, esticando-me para ver.

– *Safe With Me*, da Kristen Proby – ela sorri para mim.

– Ahhh... Caleb... – George e eu suspiramos ao mesmo tempo.

– Vocês já leram? Mentira! Nem me esperaram – ela olha para nós dois, fazendo um biquinho.

– Jo, *mon ami*, desculpe. Mas eu não poderia, jamais, deixar Caleb me esperando – George responde com uma cara solene.

Nessa hora, os nossos nomes são chamados.

Estamos indo pegar nossos cappuccinos vanilla quando ouço atrás de mim:

– Ora, ora. Que surpresa deliciosa. Juliette, a cantora mais quente do momento.

Viro assustada e dou de cara com Alan.

– Alan! Oi, que surpresa – eu me aproximo para dar um beijo no seu rosto. Nossa, como ele está cheiroso e... ops! Que safado! Virou o rosto, quase que beija minha boca! Afasto-me um pouco, mas ele me puxa com força e fala no meu ouvido.

– Linda, dessa vez foi no cantinho da boca, mas, na próxima, você não me escapa.

Meu deus! Experimentei diferentes tons de vermelho!

– Você sabia que o nosso dueto é sucesso no YouTube? Já teve um número surpreendente de visualizações. Eu conversei com Rafe hoje, e ele me disse que um crítico vai no After Dark na sexta-feira, para nos conhecer. Legal, né?

– Nossa, Alan! Que ótima notícia! – eu me empolgo e abraço-o. Ele me aperta com força e eu me sinto protegida em seus braços. Ok, ele não é forte como o Danny, sua estrutura é magra, mas ainda assim é musculoso. Tento me afastar e ele me aperta um pouco mais.

– Adoro essa sua espontaneidade. E seu perfume – ele dá uma lambida em meu pescoço. Eu dou um pulo e me afasto um pouco.

– Bom, Alan... foi uma ótima notícia. A gente precisa ir, não é, George? – olho para George, que está parado com nossos cappuccinos na mão e de boca aberta. Volto a olhar para Alan. – Foi bom te ver. Manda um e-mail pra mim com as músicas que vocês querem tocar na sexta!

Ele me olha com um sorriso safado e balança a cabeça.

– Pode deixar, linda. Vou te mandar. E, sexta-feira, você é minha.

Pego meu copo da mão de George, dou um sorriso sem graça e saio arrastando meus dois amigos atrás de mim. Depois de subir as escadas rolantes até o quarto piso do estacionamento como se estivesse sendo perseguida por alguma praga, George me para, rindo da minha cara.

– Garotinha, eu não sei o que foi aquilo, mas você deve ter molhado toda a calcinha.

– George! – eu falo, mortificada com o comentário dele.

– Ele te lambeu! Jo, você viu aquilo? Uma lambida no pescoço!

– Claro que vi.

– Eu, se fosse ela, tinha lambido ele todinho, cada centímetro. E eu tenho certeza de que, em alguns lugares, ele tem *vários* centímetros!

– *George*!

– Ué, estou falando só a verdade. Jo, como está a sua calcinha?

– Em chamas! – ela responde e eles gargalham.

Viro-me e caminho para o estacionamento, com os dois dando gargalhadas atrás de mim. Preciso ir para casa, tomar um banho. Frio. E obviamente, trocar a calcinha. Droga.

Capítulo sete

A semana passa tranquila, e eu aproveito para ensaiar a playlist de sexta. Confesso que estou um pouco nervosa. Só de imaginar que um crítico importante do *LA Times* vai assistir ao show, fico com as pernas bambas.

Danny não voltou ainda, então estou mais tranquila, esperando que ele só chegue no sábado, como previsto.

Hoje é o dia do show, e Jo e eu vamos a um salão perto do After Dark para arrumar o cabelo e fazer as unhas. Visto um short jeans e uma blusa soltinha que cai no ombro deixando-o de fora. Nos pés uma sandália baixinha. Deixo o cabelo solto, apesar de não saber arrumar daquele jeito que o George fez. E, no rosto, passo só rímel e *gloss*.

Olho no espelho e vejo como estou diferente. Não é só o meu visual. Vejo um brilho mais consciente no meu olhar e me sinto mais segura.

O dia hoje está bonito. Saio de casa e sorrio para o sol, e fico feliz quando o tempo está bom.

Chamo um táxi e vou para a casa de Mary e Paul, meus pais de criação. Combinei de encontrar com a Jo lá para tomar café da manhã.

Mary é uma dessas mães que faz questão de alimentar a família. E quando digo alimentar, quero dizer empanturrar mesmo. Fiz um jejum de catorze horas para conseguir enfrentar seu café da manhã. Não sei como nenhum de nós engordou na adolescência.

Mal desço do táxi, Paul já está na porta me esperando. Corro até ele, dando um super abraço.

– Julie, quanto tempo! Estávamos com saudade.

– Eu também, Paul – falo com um sorriso no rosto, demonstrando todo o carinho que sinto por ele.

– Deixa eu te olhar.Você está tão bonita! – nesse momento, Jo sai de dentro de casa e sorri.

– Pai, você não viu nada. Ela cantou no AD na semana passada. Eu e o George a arrumamos e ela ficou lindíssima. Nem parecia a mesma pessoa. Olha só.

Para minha surpresa, ela abre no celular uma foto que eu nem tinha visto que havia sido tirada. Reconheci perfeitamente o momento da foto. Eu estava nos bastidores, perto dos meninos da banda. George tinha brincado comigo, falando alguma besteira, como sempre, e eu abri um grande sorriso. Surpreendi-me com a minha expressão de total felicidade na foto. E, no fundo, por trás de mim, vejo Alan. Sorrindo, com um ar meio... sonhador.

– Jo, você tem toda a razão – Paul fala. – Minha querida, você está linda. Mary vai ficar emocionada de te ver assim.

Eu sorrio e o abraço mais uma vez.

– Mas, filhas, o Daniel deixou?

– Xi, Paul, essa é uma longa história.Vamos entrar e tomar café – disse, puxando os dois para dentro de casa.

*

Tomamos um café reforçado feito por Mary, enquanto contávamos animadas do show. Após nos empanturrarmos, Jo faz sinal de que está na hora de irmos...

– Ah, não, Jo. Deixa eu ficar quietinha um pouquinho. Só quero rolar até encontrar uma cama – eu falo, gemendo.

– Nada disso. Pode arranjar forças que a gente tem que ir para o salão. E ainda vamos escolher sua roupa – Jo fala, me empurrando.

– Julie? – Mary me chama quando estou prestes a levantar da mesa. – Posso falar com você um minuto?

– Claro. – Será que ela está aborrecida porque eu cantei no AD? Vamos até o jardim, onde podemos conversar sozinhas.

– Julie, você sabe que eu considero você como uma filha, não sabe?

– Sim, eu sei.

– Então, vou te dar um conselho que a sua mãe te daria – eu balanço a cabeça, com lágrimas nos olhos. Só de me lembrar da minha mãe, sinto um aperto enorme no peito. – Apesar de considerar você uma filha, dou graças a Deus, todos os dias, por você não ser. Eu sei sobre os seus sentimentos. Vejo nos seus olhos a cada vez que alguém toca no nome do Daniel, desde que você era uma menininha. E eu tenho certeza de que você é perfeita para o meu filho. Eu não escolheria ninguém melhor do que você para cuidar dele e amá-lo – minhas lágrimas descem incontrolavelmente. – O que eu tenho para te aconselhar é: acredite em você e em seu potencial. Tenha fé no amor. E não desista. Mesmo que você tenha de ir por caminhos tortos para alcançar o seu objetivo.

Ela me abraça e eu choro um pouco mais.

– Só mais uma coisa – eu olho para ela com expectativa. – Não vai ser fácil, você vai ter um longo caminho a seguir. Mas faça o Daniel sofrer um pouquinho, tá? Não muito, sou mãe e não quero vê-lo arrasado. Mas ele precisa acordar e entender que a vida não se resume a uma mulher por dia e a cuidar do bar.

Rimos juntas, enquanto eu enxugo minhas lágrimas, tentando me recompor. Na volta para a cozinha, eu digo a ela:

– Mary?

– Sim, querida?

– Obrigada. Eu te amo.

Ela sorri para mim.

– Eu te amo mais.

⋆

Para minha surpresa, Jo marcou um dia de *spa* para nós duas. Começamos com uma massagem relaxante, banho de ofurô e depois relaxamento com pedras quentes. Estava tão relaxada que meu corpo parecia flutuar. Eu deveria ter desconfiado. Quando a esmola é demais, o santo tem que desconfiar.

– Srta. Walsh? Tsuki, nossa esteticista, te aguarda na sala de depilação. Final do corredor à sua esquerda.

– Na sala do quê? – eu perguntei de boca aberta. Eu não estava convencida de que queria passar pela sessão de tortura.

– Depilação. Sua amiga marcou uma sessão de depilação completa para a senhorita.

Vou matar aquela filha da... droga. Não tenho coragem de xingar a Jo, principalmente depois de hoje. Mas, ainda assim, depilação não foi uma ideia legal.

Agradeço e sigo na direção indicada. Bato na porta e uma senhora baixinha, oriental, recebe-me com um sorriso tranquilizador.

– Srta. Walsh, seja bem-vinda. Pode tirar a roupa atrás daquele biombo e vestir o roupão. Quando estiver pronta, deite-se na maca.

Sigo até onde ela indicou e troco de roupa. Caramba, estou bem nervosa!

Deito na maca e fico aguardando a torturadora, ops, depiladora.

– Srta. Walsh, fique tranquila. Não vai doer nada – ela diz com calma, como se falasse com uma criança.

– Ok – eu respondo, sem conseguir elaborar uma frase completa, de tanto medo.

– Vou seguir a orientação da sua ficha, ok?

– Orientação? Que orientação?

– Para fazer uma depilação à brasileira.

– Ok – que raios será isso? Coisa boa não deve ser: uma depilação à brasileira, que será feita por uma oriental? Algo parece errado. Mal tenho tempo de concluir meu pensamento quando ela abre meu roupão e aplica a cera. Espera um pouquinho e... Eu grito de dor. Puta merda! Ela puxou! Vou matar a Jo com requintes de crueldade.

– Dona Tsuki, está bom, obrigada.

– Não, não, não. Ainda temos muito o que fazer aqui – ela me empurra de volta para a maca e eu me sinto condenada à forca.

★

Reencontro a minha ex-melhor amiga na sala da manicure. Quando ela me vê com o rosto vermelho e andando de um jeito estranho, começa a rir.

– Não ria. Neste momento, eu te odeio.

– Amiga, não fica assim. Foi para o seu bem. Considere como um presente. Da próxima vez que o Alan resolver te lamber, ele pode querer fazer em outro lugar, né?

– Johanna! – pronto. Agora sim, pareço um grande pimentão vermelho.

– Ué! Vai que você resolve dar uma chance pra ele! Se bem que você ainda tem o Danny na cabeça... Eca, não quero pensar no meu irmão lambendo as partes íntimas de ninguém!

– Jo! De onde você tirou isso? Quem anda te lambendo por aí? – agora quem fica roxa é ela. Pega no flagra!

– Eu? Deixa de ser boba. Não se pode mais fazer um agrado para uma amiga que você vem logo com desconfiança. Senta logo que Mimi não vai te esperar a vida toda.

Mimi pega a deixa e me coloca sentada na cadeira, me entregando uma maleta lotada de esmaltes coloridos, enquanto ela começa a fazer o meu pé. Depois de muito remexer, escolho um rosinha claro.

– Ah, não! Você não vai passar essa cor! Se eu deixar você pintar de rosinha, o George me mata.

– E de que cor a madame quer que eu pinte as *minhas* unhas? – eu respondo fazendo uma carranca.

– Empresta isso aqui – ela nem espera, e tira a maleta da minha mão com força, fazendo Mimi errar e tirar um bife do meu pé. Droga.

– Esse não... também não... não.... aqui! Perfeito! – ela estende um esmalte vermelho metálico, quase da cor de uma maçã do amor.

– Mas é tão vermelho...

– Ju, você agora é uma nova mulher. Esquece o rosinha e se joga no vermelho. Vai ficar lindo com o vestido de hoje à noite. Não contesta, amiga. Aceita.

– Ok – nem adianta tentar discutir. Recosto na minha cadeira enquanto Mimi cuida dos meus pés e tento relaxar, repassando mentalmente as músicas para o show.

★

Mais uma vez, aproveito que Danny está fora e uso seu escritório como camarim improvisado.

Dessa vez, estou usando um vestido todo preto, brilhante, com um decote nas costas tão profundo que não posso usar sutiã. Minha roupa íntima se resume a uma calcinha fio dental de renda preta, que comprei na Agent Provocateur com George. Ele tinha toda a razão. Eu precisava de uma lingerie que me levantasse.

Uma sandália alta e um par de brincos compridos complementam o visual. Mais uma vez, meu cabelo está solto, com cachos largos e a maquiagem dá total destaque aos meus olhos.

Quando acabo de me arrumar, aproveito a solidão da sala e penso sobre a vida. Preciso tomar coragem e falar com Danny, ou esquecê-lo de vez. Eu sei que Alan está todo interessado, mas, apesar de gostar dele, eu sei que, lá no fundo, Alan não aperta os "botões certos" dentro de mim. Fora que ele consegue ser mais mulherengo que o Danny. A quantidade de mulheres esperando por ele ao final de cada show é ridícula.

Ando pela sala, olhando as fotos na estante, e encontro uma foto nossa, de quando eu tinha dezesseis anos e o Danny, dezenove. Ele já era bem alto nessa época. Foi quando ele retornou para as primeiras férias de verão da faculdade. Passei o mês inteiro grudada nele como um chiclete. Ele parecia estar feliz com a minha presença. Vivia me abraçando, fazendo carinho. Eu realmente achei, naquele momento, que algo mais aconteceria. Até que ele mudou. Ficou mais sério e mais... protetor, eu acho. Não sei o que aconteceu naquele verão, mas algo mudou o comportamento de Danny em relação a mim.

Uma batida na porta me afasta das minhas lembranças. Coloco a foto no lugar e vou abrir.

– Garotinha, você está linda! – George entra na sala, todo animado. Eu sorrio para ele, porque é impossível não sorrir quando George está comigo.

– Obrigada. Está na hora?

– Faltam dez minutos. Quer alguma coisa? Água? Champanhe? Bombons? Lambida do Alan?

– *George*! – eu o repreendo, mas sou interrompida pela entrada de Rafe, que veio me chamar para o show. Acho incrível que o Rafe ainda não tenha sido fisgado por ninguém. Ele é um cara lindo, sério, maduro. Aquele tipo que assume as responsabilidades. Não é um pegador, muito pelo contrário. É o típico genro ideal. Ele faria um par lindo com a Jo, mas, se o Danny imaginar algo desse tipo, vai ser um problema. Que homem ciumento, viu!

– Julie, você está linda. Está pronta?

– Obrigada, estou sim – eu sorrio e ele me dá o braço como o perfeito cavalheiro que é. Nós caminhamos até os bastidores do palco e Rafe me pede licença para ir falar com alguém. Olho para frente e vejo Alan vindo em minha direção e me olhando de cima a baixo, com cara de safado.

– Quer que eu pergunte se ele quer maionese para acompanhar? Porque ele está te comendo com os olhos... – George fala no meu ouvido.

– George, *meu Deus*!

– Talvez eu devesse oferecer leite condensado. É mais gostoso de lam..

– GEORGE! – eu grito, e ele se assusta. Nossa, ele ficou tarado na lambida do Alan!

– Hey, linda! – diz Alan, se aproximando.

– Hey!

Ele chega ainda mais perto.

– Você está ainda mais linda. Como pode? – se ele chegar mais perto, vai ficar colado em mim. Ele não tem muita noção do que é espaço pessoal.

– Obrigada – eu dou um sorriso e o empurro um pouquinho. – Vocês estão prontos? Podemos começar?

– Linda, eu estou sempre pronto – ele me dá uma piscada e segue para o palco. Esses homens querem me deixar louca.

Respiro fundo e subo no palco. O bar está lotado e as pessoas começam a nos aplaudir. Sorrio para a plateia e me posiciono em frente ao microfone.

Optamos por abrir o show com uma balada mais romântica. Alan começa a tocar os primeiros acordes de *Come Away With Me*, da Norah Jones.

Fecho os olhos, concentrando-me na canção. Mais uma vez, meu pensamento divaga até Danny.

Come away with me in the night
Come away with me and I will write you a song
Come away with me on a bus
Come away where they can't tempt us with their lies

Daniel

Estaciono na minha vaga no After Dark. Eu e Zach voltamos de São Francisco um dia mais cedo do que esperávamos. A volta foi bastante conturbada, pois o voo teve muita turbulência. Zach foi um péssimo companheiro de viagem. Quase não abriu a boca para falar, o tempo todo prestando atenção no celular. E, para piorar, nossas malas foram parar na esteira do outro lado do aeroporto.

Cheguei em casa, tomei um banho e vesti uma calça jeans e uma camiseta preta. Estava atrasado, então nem fiz a barba, que já despontava no meu rosto. Uma semana longe do bar me deixa nessa ansiedade. E, devo confessar, sinto uma ponta de esperança de ver a loira gostosa em ação hoje à noite.

Desço da minha moto, uma BMW 1600 GT. Não sou um cara ostentador, mas quando o After Dark começou a prosperar me dei ao luxo de investir na moto dos meus sonhos.

Sigo pelo estacionamento e, quando me aproximo da porta, escuto os primeiros acordes de *Come Away With Me* serem tocados em um violão. Abro a porta e sou envolvido por uma voz rouca que canta.

Come away with me in the night
Come away with me and I will write you a song
Come away with me on a bus
Come away where they can't tempt us with their lies

Sinto um arrepio dos pés à cabeça. Olho para o palco e vejo a silhueta da loira gostosa, balançando em frente ao microfone, no ritmo lento da canção. Estou atordoado, como se algo me puxasse para frente e eu precisasse chegar mais perto dela e até mesmo tocá-la. Merda! Estou parecendo uma menininha de romance. Acho que uma semana de abstinência está deixando a minha cabeça confusa. Nesse momento, ela avança na canção e, mais uma vez, me sinto preso. Não consigo desviar o olhar.

And I wanna walk with you
On a cloudy day
In fields where the yellow grass grows knee-high
So won't you try to come

Sinto como se estivesse sendo puxado por uma corda imaginária, não consigo tirar os olhos do palco. Pessoalmente ela é ainda mais linda. Sua pele é clara, seu corpo é de tirar o fôlego, com uma cintura fina e bem marcada e seios que encaixariam perfeitamente na minha mão. Ela se vira sutilmente para o lado, ficando um pouco de costas para mim, e vejo a bunda perfeita enfatizada pelo decote do vestido.

Nessa hora, é como se eu estivesse entorpecido. Ela canta a terceira estrofe da música e tudo o que eu consigo ver é a sua imagem, deitada na minha mesa do escritório, nua, cantando essa música enlouquecedora no meu ouvido, enquanto a fodo com força.

Come away with me and we'll kiss
On a mountain top
Come away with me and I'll
Never stop loving you

Escuto um barulho de champanhe abrindo e tento tirar esse pensamento da cabeça. Aproximo-me do balcão do bar, tentando recuperar o controle. Aceno para o barman e, subitamente, me dou conta de que Ju não está em seu posto hoje.

– Luke, onde está Ju? – pergunto ao barman, que não tira os olhos da loira no palco. Ele faz um aceno à frente e a loira entra na quarta estrofe. A voz dessa mulher está me deixando maluco. Minha mente se dispersa novamente, e quando ela canta segurando o microfone eu a imagino segurando o meu pau.

And I wanna wake up with the rain
Falling on a tin roof
While I'm safe there in your arms
So all I ask is for you

Sentindo meu pau cada vez mais duro dentro da calça, continuo andando em direção ao palco, como um leão atrás de sua fêmea, quando ela canta os últimos versos da música.

To come away with me in the night
Come away with me

O Alan idiota toca os acordes finais da música e a loira vira em minha direção, abre os olhos, sorri e… PUTA QUE PARIU! É A JU!

Capítulo oito

Acho que nunca me senti tão puto. Eu vou subir nessa merda desse palco e tirá-la de lá, nem que seja à força.

Rafe chega perto de mim e me puxa pelo braço até os bastidores.

– Cara, calma…

– "Calma" uma merda! O que a Julie está fazendo com aquela roupa minúscula no palco? Porra! Eu cansei de dizer que não quero que ela cante aqui. Rafe, tira essa menina de lá antes que eu tire, se eu fizer isso não vai ser bonito! – eu digo, passando a mão na cabeça. Estou atordoado. Não sei nem o que vou fazer com a Julie quando eu conseguir tirá-la daquele palco.

– Dan…

– Não quero saber. Eu a quero fora de lá *agora*! Porra!

– Daniel, não seja infantil. A casa está lotada e temos, pela primeira vez, um crítico do *Los Angeles Times* na plateia. Coloca a cabeça no lugar. Não vou interromper o show. Nem você vai – a tranquilidade de Rafe me deixa mais irado. Ando para lá e para cá como um leão enjaulado. Quando eu colocar as mãos nela… Imediatamente, me vem a imagem dela cantando, de olhos fechados, e eu me sinto endurecer de novo. Merda! Eu sacudo a cabeça. Ela é a Julie, lembra? Sua irmã. Esquece isso, porra.

– Daniel, bebe um pouco e se acalma – George aparece, não sei de onde, empurrando um copo de uísque na minha direção. Pego o copo da mão dele e viro de uma só vez.

– Rafe, eu quero ela fora do palco em quinze minutos, com ou sem crítico. Estou puto com essa merda. Você não tinha o direito…

– Sou tão dono do bar quanto você. Se você ou Zach tivessem atendido a merda do telefone no dia em que o Snash abandonou tudo, eu teria conversado com vocês. Mas não. Vocês estavam ligados só na porra da expansão, e não me deram a mínima – quando Rafe começa a xingar, eu tento me controlar. Ele não é um cara estourado como eu. Na verdade, ele é a pessoa mais calma que eu conheço.

Ando mais algumas vezes pelo corredor. De repente, George me coloca sentado em uma cadeira.

– Danny, senta aqui. Respira fundo. Desse jeito, você vai enfartar. Ainda bem que nenhum cliente entra aqui, eles iriam se assustar. Seu cabelo parece que passou por um furacão.

– George, como você deixou que isso acontecesse? – eu pergunto, com a cabeça apoiada nas mãos.

– Danny, é o sonho dela.

– Sonho? Mostrar a porra do corpo num vestido curto e apertado em cima de um palco de merda? – eu grito com ele, perdendo o controle mais uma vez.

– Você está aborrecido por ela cantar ou pelo vestido curto? Ela é uma mulher linda, Daniel. Merece usar roupas que a valorizem. Julie não é mais uma menina – quando o ouço falar isso, lembro mais uma vez do que senti quando entrei no bar e a vi. Eu não sei o que me aborrece mais: ela estar cantando, a roupa curta ou a reação que eu tive.

Vejo um movimento à minha frente, e Rafe está indo até o palco anunciar o intervalo. A banda vai saindo, os músicos rindo e conversando entre si. Em seguida, sai o Alan idiota segurando a mão da minha mulh... irm... Merda. A mão da Julie.

Levanto da cadeira e vou em direção aos dois como se estivesse possuído. Quando Julie se dá conta da minha presença, ela abre ainda mais aqueles olhos castanhos, assustada, e tudo que penso em fazer é tirá-la de perto desse imbecil.

– JULIETTE, MEU ESCRITÓRIO, AGORA! – eu grito, nem espero uma resposta. Pego seu braço e a levo comigo.

Empurro-a para dentro da sala e bato a porta com força. Eu estou tão puto e, ao mesmo tempo, desesperado.

– Que merda, Julie. Eu já não falei que não te autorizava a cantar aqui?

– Danny, deixa eu explicar...

Não sei o que essa mulher faz comigo. Não posso ouvir a voz dela, que me sinto possuído. Quando ela tenta se explicar, não vejo mais nada na minha frente. Sinto-me tomado por um desejo enlouquecedor. Algo que eu nunca senti por ninguém. Não consigo mais raciocinar. Simplesmente atravesso a sala e a empurro contra a porta. O perfume dela toma conta dos meus sentidos. E tudo o que eu quero é provar sua boca e fazê-la gemer no meu ouvido. E é exatamente o que ela faz.

– Dan...

Beijo-a com força. Ela passa os braços ao redor do meu pescoço, me puxando para mais perto. Minhas mãos parecem ter vontade própria e correm pelo corpo dela enquanto nos beijamos de forma selvagem.

Meu pau já está uma rocha de tão duro. Nesse momento, já não penso em nada, a não ser em ter seu corpo nu colado ao meu. Seguro seu cabelo com força, sem afastar nossas bocas, enquanto a minha mão direita encontra a barra do vestido curto. Ela empina o corpo, facilitando que eu levante a saia. Minha mão encontra uma calcinha muito pequena. Passo os dedos por cima dela, e descubro que está completamente molhada. A razão já me abandonou há muito tempo. Eu solto seu cabelo e, com as duas mãos, rasgo a calcinha que atrapalha o meu objetivo. Jogo a calcinha no chão e passo os dedos entre suas pernas.

Ela se surpreende e me dá um olhar tão excitado que eu simplesmente não consigo parar. Suspendo seu corpo pequeno contra a porta, apoiado no meu. Ela passa as pernas ao redor da minha cintura e eu começo a explorar seu clitóris com os meus dedos.

Eu enfio um único dedo. Ela geme em meu ouvido. Enfio mais um, pressionando seu clitóris com o polegar.

– Você está tão molhada – eu falo, puxando-a para um beijo. A essa altura, meu pau implora para fazer o seu caminho entre as pernas dela.

Ela empurra o corpo contra a minha mão. Eu mantenho o ritmo e a sinto enrijecer e ofegar. Meus dedos entram e saem com mais velocidade. Ela geme mais alto, murmurando meu nome enquanto o orgasmo a atinge com força.

– Ohhh... Danny!

Quando ouço o meu nome sair dos seus lábios, me sinto quebrar em mil pedaços. E então só consigo pensar: que merda eu fiz?

Tiro meus dedos de dentro dela e a coloco no chão. Ela me olha, ainda ofegante do clímax, seus olhos nublados de prazer. Ao mesmo tempo, parece confusa. Abaixo seu vestido rapidamente, antes que a coragem me abandone, e me afasto dela sem conseguir encarar seus olhos. Que merda eu fiz?

– Danny?

Ouvimos o som de alguém batendo na porta. É Rafe que chama do outro lado.

– Daniel, libera a Julie. Ela precisa voltar a cantar. Os clientes estão impacientes e o crítico do *LA Times* ainda está aqui.

Continuo de costas, me sentindo arrasado e, ao mesmo tempo, excitado e querendo mais. Que merda eu fiz?

– Danny? – ela me chama de novo, com a voz trêmula, e eu me sinto ainda mais miserável por assustá-la assim.

– Vai, Julie. Volta pro palco.

– Danny, mas...

– Julie, porra, volta pro palco! – eu falo mais alto, com raiva de mim mesmo por permitir que ela volte para lá, onde todos os machos presentes vão desejar fazer o mesmo que eu. Passo a mão na cabeça, pensando mais uma vez: que merda eu fiz?

– Ok, eu vou voltar. Mas nós vamos conversar sobre isso. Eu não vou abrir mão de cantar porque você não quer. Se não for aqui, vai ser em outro lugar – ela fala e eu sinto desespero com a ideia de ela cantar em outro lugar, onde eu não possa protegê-la.

Ouço a porta se abrir e bater com força. Olho para trás e ela se foi. Fico sozinho na sala, com seu perfume enlouquecedor e a sua calcinha rasgada no chão. Abaixo e pego a peça de renda.

Vou até a bancada, perto da minha mesa, e abro a garrafa de uísque. Encho um copo e viro de uma vez, tentando me preparar para o que virá pela frente.

Olho para a calcinha rasgada em minha mão e me convenço de que preciso aprender a pensar mais com a cabeça e menos com o pau.

Julie

Saio da sala dele batendo a porta, como se mil demônios corressem atrás de mim. Empurro Rafe, que estava no caminho, e vou direto para o banheiro feminino, rezando para que esteja vazio. Não sei como, mas depois do que aconteceu dentro daquela sala meu lado prático assumiu o controle, e tudo que posso pensar é em me olhar no espelho e ver se o estrago é recuperável.

Entro no banheiro e tranco a porta. Olho-me no espelho e levo um susto. Meu cabelo está uma verdadeira confusão. Não tenho mais batom e minha boca, rosto e pescoço estão vermelhos.

Não quero pensar em nada disso agora, ou não vou ter condições de subir ao palco.

Ouço uma batida na porta e a voz de George chamando meu nome.

– Julie, meu bem, posso entrar?

Abro a porta para ele, que me olha de cima abaixo.

– Preciso de um pente. E maquiagem.

Ele levanta sua maleta mágica.

– Estava no meu carro. Ainda bem – aceno em concordância, enquanto ele me empurra até uma cadeira e começa a arrumar meu cabelo. – Quer conversar sobre isso?

– Não.

– Ok. Você vai voltar para o palco?

– Vou.

– Vai continuar monossilábica e me deixando morto de curiosidade?

– George, estou tremendo, com raiva, com vontade de socar alguém, descabelada, arranhada e sem calcinha. Acho que tenho o direito de ficar um pouco calada, não?

– Ai meu Deus! – George fala e fica boquiaberto. Poucas foram as vezes em que eu o vi perder a fala. Ele fica uns dez segundos com essa cara, até que cai em si e volta a arrumar o meu cabelo. Tento me distrair, murmurando a próxima música de hoje, mas meu corpo não para de tremer e fica cada vez mais difícil me estabilizar. George percebe e toma conta da situação. Vai até a porta e chama Rafe.

– Ela vai voltar? – ele pergunta a George.

– Vai. Só preciso de uns minutos, um *shot* de tequila e um café quente – se Rafe estranha esse pedido, ele não demonstra.

– Pra que a tequila? – eu pergunto, quando ele volta a me arrumar.

– Pra você parar de tremer.

– E o café?

– Pra você tomar depois da tequila e não ficar bêbada enquanto canta.

George volta a arrumar meu cabelo. Uma batida na porta nos assusta. Ele abre e dá de cara com Rafe, que traz o que foi pedido.

– Obrigado. Mais alguns minutos, e ela sai – Rafe acena concordando e George entra novamente no banheiro e me passa a tequila. Viro de uma vez e ela desce queimando.

– Merda.

– Deixa descer enquanto eu termino o cabelo – ele tenta dar um jeito no ninho de pombo que meu cabelo se tornou. Meu corpo começa a relaxar e eu paro de tremer. Então ele fica na minha frente e retoca a minha maquiagem rapidamente. Antes de passar o batom, me entrega o copo de café. Quando eu começo a beber, ele se ajoelha para ficar na altura dos meus olhos e fala:

– Garotinha, chegou a hora da virada. Não sei o que aconteceu naquela sala e vou esperar até que você se sinta confortável para me contar, mas eu posso imaginar. Você agora vai sair desse banheiro, com toda dignidade do mundo, e vai subir naquele palco e cantar lindamente, como se a sua vida dependesse disso. Você vai dançar e flertar com Alan, o Gostoso. E quando o show acabar você vai para casa, sem dar um pio com Daniel. Vai dormir e descansar, porque de manhã faremos uma reunião de emergência na sua casa para traçar um plano de ação.

– George, do que você está falando? – eu estava confusa.

– Nós vamos fazer esse homem comer na sua mão. Ou eu não me chamo George Preston.

★

Sigo a orientação de George e saio do banheiro pisando duro, a caminho do palco. Quando estou quase chegando, Alan me intercepta, me pegando de surpresa.

– Lind...

– Alan, por favor, agora não.

– Você está bem?

– Estou. Mas não quero conversar. Quero me concentrar para voltar a cantar.

– Ok. Se você precisar de alguma coisa, seja o que for, sabe que eu estou aqui, não é?

– Sei sim, obrigada – me afasto dele, subindo de volta ao palco fazendo cálculos mentais de onde eu teria de me posicionar para que a plateia não visse o que não deveria por baixo do meu vestido, já que aquele-cujo-nome-eu-não- quero-mencionar rasgou a minha calcinha nova.

A banda sobe no palco atrás de mim, e recomeçamos a cantar. Olho ao redor do salão e vejo o idiota, encostado no balcão, sem tirar os olhos de mim. Desvio meu olhar, lembrando que temos um crítico aqui, e tento me focar no quanto isso pode ser crucial para a minha carreira.

O show prossegue, eu canto e danço com Alan várias canções. O público vibra e dança conosco, cantando junto a maioria das músicas.

O show se aproxima do final e combinamos de fechar com um dueto. A música escolhida foi *Need You Now*, de Lady Antebellum. Alan e eu cantamos virados um para o outro, dando ênfase a toda a emoção que essa música merece.

Desvio meu olhar de Alan e, automaticamente, me volto para Danny. Ele me olha com um olhar enfurecido, parecendo estar no limite da sua tolerância. Estou ficando realmente assustada com ele. Danny sempre foi estourado, mas nunca agressivo, principalmente comigo. Esse homem selvagem que se mostrou hoje à noite é algo tão completamente fora da sua natureza que me assusta e me excita ao mesmo tempo. Acho que estou ficando louca. Só pode ser isso.

A música vai chegando ao fim. Alan soltou sua guitarra e está incentivando a plateia a cantar e bater palmas. Eu olho para ele e sorrio, animada com a participação de todos.

No último verso da canção, vem uma surpresa: Alan segura minha mão, me puxa para si, dobrando-me em seus braços, e fala com os lábios quase grudados nos meus:

– Eu disse que hoje você seria minha.

Capítulo nove

Santo Rafe! Preciso me lembrar de incluí-lo em minhas orações.

Quando eu penso que tudo está perdido e que Alan vai me beijar na frente dessa multidão – e pior, na frente de Danny –, Rafe aparece para me salvar, como um príncipe em um cavalo branco.

Quando Alan me segurou, eu entrei em pânico, por dois motivos. Primeiro, com medo de que alguém visse o que não deveria, já que o vestido era curto e a calcinha estava em falta. Segundo, a cara que o Danny fazia antes, quando nós dois apenas cantávamos, já não era boa. Eu não queria nem imaginar o que ele poderia fazer com um beijo na boca no final do show.

No momento em que Alan diz que eu hoje era dele, Rafe entra no palco e agradece à banda pelo show, interrompendo o romantismo súbito do meu companheiro de banda. Aproveitando a deixa, eu agradeço a plateia e saio do palco mais rápido que um foguete. Não paro para falar com ninguém. Puxo George, que estava me esperando nos bastidores, e vamos embora pela saída dos fundos.

Só quando estamos dentro do carro, já no caminho para casa, eu percebo que esqueci minhas coisas na sala de Danny. Não trouxe nem a carteira.

– George?

– Oi, querida.

– Minhas coisas ficaram lá – digo, com um tom triste.

– Eu pego pra você amanhã, garotinha.

Aceno e continuo quieta, pensando em tudo e, ao mesmo tempo, em nada. Em pouco tempo, George para o carro em nosso condomínio e me acompanha até em casa.

– Você quer que eu fique com você? – ele pergunta, preocupado. Eu estou muito quieta e ele sabe que esse não é o meu normal.

– Não, querido. Acho que preciso ficar um pouco sozinha. Obrigada.

Ele sorri, me dá um beijo na testa e vai para casa.

Vou para o banheiro, tiro a maquiagem e tomo um banho quente. Só ali, sozinha debaixo do chuveiro, me permito pensar em tudo o que aconteceu. Não consigo entender o que levou Daniel a agir daquele jeito no escritório. A lembrança do olhar desesperado dele, no final, me faz cair em lágrimas. Se eu tinha alguma esperança de que poderíamos ter um futuro juntos, eu acho que ela morreu ali.

Quando já chorei tudo que poderia chorar, fecho o chuveiro, me seco e visto uma das camisolas de renda que eu e George compramos. Ela me deprime ainda mais, mas ele jogou fora todas as minhas camisetas de desenho animado.

Vou para a cama, assombrada por olhos profundamente verdes e pelo silêncio total da casa ao lado.

★

Bum! Bum! Bum!

Acordo assustada com um barulho de algo batendo. *Bum! Bum! Bum!*

Olho para o relógio. São quatro e meia. Quem está batendo com tanta força a essa hora? O condomínio deveria... *Bum! Bum! Bum!*

– *Julieeeeeeeeeeeee*! – alguém grita meu nome enquanto as batidas continuam. *Bum! Bum! Bum!* Oh, meu Deus! Esse barulho é na minha porta! Levanto correndo da cama e abro a porta antes que o restante da vizinhança acorde.

– Mas o que está acon... – não termino de falar. Dou de cara com Danny, bêbado, segurando a bolsa que deixei no escritório dele. Espera, ele está com um... olho roxo? – Daniel, o que aconteceu? Seu olho está roxo e você cheira a... – franzo o nariz – uísque barato.

– Eu tinha que *traxer*... – ele começa a falar, com voz de bêbado, até que se distrai com alguma coisa. Sigo seu olhar e percebo que ele está encarando a minha camisola de renda. Esqueci completamente que eu estava vestida com ela. O pior é que é branca e transparente. Droga!

– *Daniel*! – eu grito, tentando chamar sua atenção.

– Oi? – ele fala e abre um sorriso meigo para mim. – Você *eshhh* tão linda. Estou com *vuntaxiii* de levar *voxê* cama.

– Daniel, não! Você está completamente bêbado – eu volto para o meu quarto para vestir um hobby e tentar me compor um pouco mais. Quando olho, ele está atrás de mim, tirando o sapato. – O que você está fazendo? Para!

– *Vu durmir* abraçado com *voxê*.

– Cheirando a birita? Não mesmo! – pego ele pelo braço e o levo até sua casa. Pego a chave no bolso da calça, abro a porta e o empurro para dentro. Ele senta no sofá enquanto arranca o sapato e a camiseta. Vou até a cozinha pegar gelo para colocar no olho roxo, enquanto repito meu mantra dessa madrugada: *Não posso me aproveitar de um bêbado. Não posso me aproveitar de um bêbado. Não posso me aproveitar de um bêbado.*

– Julieeeeeeeee!

Ele é um bêbado difícil, viu?

– O que foi? – eu pergunto, voltando da cozinha, com o gelo na mão, quando ele já está deitado no sofá... de cueca! Chego perto para entregar o gelo, quando ele fala:

– *Voxê* é tão linda. Como *vu conxiguir* me afastar... – e cai num sono profundo.

Coloco o gelo de volta na cozinha e vou até o quarto buscar um lençol, com um sorriso no rosto. Cubro-o e dou um leve beijo em seus lábios. Não me julguem, não consegui resistir! Apago a luz e volto para minha casa, pensando que nem tudo está perdido. Amanhã é dia de traçar estratégias e conseguir aliados.

★

Acordo cedo, apesar da noite agitada. Estou decidida a colocar meu plano em ação, mas vou precisar da ajuda de George e Jo.

Eles vão me matar, mas não vou esperar ficar mais tarde para acordá-los. Ligo para o celular do George.

– Garotinha, explodiu uma bomba ou a terceira guerra? Por que você está me ligando às seis e meia da manhã?

– Reunião de emergência, lembra? Levante seu traseiro da cama. Estou passando por aí em vinte minutos para irmos à Starbucks. Presença obrigatória.

– Uau! Temos uma mulher em uma missão. Ok, em vinte minutos estarei pronto.

Jo não atende ao telefone. Insisto mais uma vez. Seis toques depois:

– Aconteceu alguma coisa, Ju?

– Preciso de você na Starbucks em vinte minutos.

– Ah, jura? O que houve? É que eu estou meio... – ela não consegue completar, pois sua atenção se desvirtua para uma voz de homem ao fundo.

– Jo? Quem está aí com você? – eu pergunto, chocada.

– Ninguém, é a TV. Em vinte minutos estarei lá. Beijos.

E ela desliga na minha cara! Estou chocada! Termino de me arrumar e saio de casa, encontrando George em frente à casa dele.

– Garotinha, o que houve? Está com cara de assustada.

– Não sei... fiquei cismada com uma coisa, mas deixa para lá. Vamos tomar nosso café.

Quando chegamos ao café, a Jo já está nos esperando. Nos abraçamos, pedimos nossos tradicionais cappuccinos com baunilha e sentamos em uma mesa ao canto, mais afastada das outras.

Eu conto para eles tudo o que aconteceu. Desde os momentos na sala de Danny, quando ele perdeu o controle, até sua ida à minha casa, de madrugada.

– Nós precisamos traçar um plano de ação. Antes eu tinha dúvidas se poderia ter alguma chance com ele, mas depois dessa madrugada eu tenho certeza de que, se agir direito, eu consigo conquistá-lo.

– E o que você está pensando em fazer? – Jo pergunta, com ar confuso. Quando abro a boca para responder, George o faz por mim.

– Ela vai continuar cantando lá no bar. E vai arrumar um namorado novo. Um que vai deixar Danny enlouquecido.

– Namorado?! – eu e Jo perguntamos juntas.

– Sim. Você vai ter um caso com Alan. Um caso falso, mas Danny Boy não precisa saber desse detalhe, é claro – George nos olha com um sorriso do gato de Cheshire. Tenho medo quando ele faz isso.

– Eu não posso enganar o Alan! – digo, chocada.

– Você não vai. Ele vai te ajudar.

– Como você sabe disso? – eu pergunto e Jo olha para nós dois, assustada com o desenrolar dos acontecimentos.

– Vamos ligar para ele agora – George afirma, já discando o número de Alan.

– George! – eu e Jo falamos ao mesmo tempo.

– Alan? Querido, é o George. Estou te aguardando na Starbucks perto de casa, com as meninas, para falar de um assunto do seu interesse. Ok, perfeito. *Bye* – ele termina a ligação e se vira para nós. – Ele está vindo. Não se preocupem. Vai dar tudo certo – então sorri para nós duas e muda de assunto.

Meia hora depois, Alan entra no café e há um gemido coletivo na mesa. Ele tem um grande olho roxo, que parece ainda pior que o de Danny. E está andando com um pouco de dificuldade também. Nossa, o que aconteceu?

– Ei, pessoal! – ele fala e senta ao meu lado. – Linda, tudo bem?

– Tudo – eu respondo. – Alan, o que aconteceu na noite passada?

– Depois que eu saí do palco, Danny estava me esperando nos bastidores. Nós discutimos e ele me deu um soco. Eu revidei e a gente se embolou um pouco, até que os caras da banda e Rafe nos separaram.

Eu fico chocada.

– Linda, você sabe que eu estou a fim de você. Eu não vou aceitar que um cara qualquer me diga o que eu posso ou não fazer.

– Alan, eu preciso ser sincera com você. Eu gosto de você, é um cara legal, lindo, e qualquer mulher gostaria de ter a chance de ficar com você. Mas, eu não posso mentir. Eu amo o Danny. Sempre amei. Ele é o homem da minha vida, apesar de ele não estar convencido disso.

– É óbvio que você merece alguém que realmente te ame e que queira um relacionamento sério. E eu não sou um cara de relacionamentos...

– Qual é o problema dos homens de hoje em dia, que não querem ter um relacionamento? – Jo pergunta, com ar aborrecido.

– Alan, já que vocês se entenderam, nós temos uma proposta de negócios pra você – George fala e eu olho para ele mortificada.

– Claro, George. Do que vocês precisam?

– De você, basicamente.

– De mim?

– Precisamos de um namorado falso para nossa amiga sacudir as coisas com Daniel.

– Eu não quero ajudar esse cara.

–Você não vai ajudá-lo, vai ajudar a ela.

– E o que eu ganho com isso?

– Do que você precisa?

Jo e eu assistíamos à sua rápida negociação como se fosse uma partida de ping pong. Seria cômico, se não fosse trágico. Por mais que eu quisesse uma forma de ganhar Danny, era estranho ver a naturalidade com que George e Alan discutiam quem, quando e onde eu beijaria pelas próximas semanas.

– Quero uma guitarra nova e um baixo.

– Te dou uma guitarra, o baixo é demais.

– Então tem que ser uma Gibson Firebird X Vermelha.

– Só vou te dar no final.

– E eu quero o direito de beijar Julie quando eu achar necessário.

– Sem língua.

– Amasso pode?

– Sem amasso e sem sexo.

– Tudo bem. Temos um acordo.

– Alan, você vai precisar ficar preso a mim por algumas semanas... – eu falo, ainda atordoada com a conversa entre os dois.

– Linda, eu disse que não queria um relacionamento, mas nunca disse que não gostaria de ter você nos meus braços – ele pisca para mim. – Vou adorar ver aquele idiota do Daniel engolir o orgulho.

Ele vira para George e diz:

– Prometo que não vou tirar vantagem dela.

– Temos um acordo, então? – George estende a mão para Alan, que a aperta.

– Negócio fechado – então Alan vira para mim e fala. – Você sabe, linda, eu teria feito isso de graça só para poder te beijar.

– E por que não fez?

– Bem, eu ganhei seus beijos e uma guitarra. Você consegue o Daniel e eu tenho algo para me consolar.

Eu dou risada.

– Até parece que não terá uma fila de garotas dobrando a esquina do After Dark para te consolar.

– Linda, eu estarei triste por ter sido chutado e ter meu coração rasgado. Vou merecer todo o consolo que conseguir, além da chance de tocar músicas de dor de cotovelo numa guitarra irada – ele pisca, sedutor.

Droga, é melhor que o Danny se decida logo.

– Agora que *vocês* já se acertaram – eu digo –, vamos traçar o nosso plano de ação.

Nos aglomeramos na mesa e começamos a combinar os detalhes. Só espero que dê certo.

Três horas depois, saímos do café. George e Jo se despedem de Alan, e cada um vai resolver suas coisas. Alan se prontifica a me levar para casa.

★

Seguimos até meu condomínio conversando. A conversa, obviamente, cai no assunto música, e estamos bastante empolgados falando sobre instrumentos musicais quando, inesperadamente, Alan enfia meu cabelo para trás da minha orelha, toca em meu rosto e se inclina, roçando meus lábios enquanto murmura:

– Se eu não fosse um cara que gosta de ser livre, eu poderia me apaixonar por você. O cara parado na porta ao lado é um cara de sorte.

Oh, meu Deus! Danny está ali nos vendo. Fico sem ação e Alan assume o controle da situação e aprofunda o beijo. Depois o interrompe, tão inesperadamente como começou, e fala em um tom alto o suficiente para Danny ouvir:

– Linda, vou passar aqui umas seis horas para o nosso primeiro jantar como namorados – ele me dá um beijo, pisca e vai embora. Mal dou dois passos em direção à minha porta quando Danny vem até a mim.

– Julie, o que significa isso?

– Isso o quê? – eu respondo, me fazendo de desentendida.

– Esse cara te beijando.

– Alan? Ele me pediu em namoro e eu aceitei – ele fica pálido, por baixo do olho roxo.

– Namoro? Aceitou? Depois de ontem?

– Ontem? O que tem ontem, Danny?

– Nós...

– Que "nós", Daniel? Você me tomou contra a porta do seu escritório e depois me largou, como se eu tivesse alguma doença contagiosa, e me mandou embora. Não existe "nós". Você não me quer, Alan sim. Agora, me dê licença, que eu preciso descansar para minha noite romântica – eu sigo para minha casa, deixando-o parado de boca aberta.

Julie 1 × 0 Danny Boy.

Capítulo dez

Daniel

Fico duas semanas em completo mau humor. Para todo lugar que eu olho, a minha Julie está com o "namoradinho" Alan. Ele está em nosso condomínio quase todos os dias. Nas noites em que eles fazem show, ele a segura no palco, a beija e abraça, fazendo a plateia suspirar e me deixando cada vez mais confuso e com raiva.

Passo meus dias fechado no escritório, sem querer ver ninguém. Minhas noites agora são em casa, sozinho, ou, nos dias de show, sentado no bar, bebendo e a olhando cantar. Eu não como, eu não converso com ninguém. Nunca me senti tão doente e infeliz.

A cada vez que vejo a mão do idiota tocar nela, minha vontade é de socá-lo, como fiz na noite que eu chamo de "incidente". Eu sei que também apanhei, mas a minha raiva foi tanta que ele apanhou muito mais.

Tenho passado minhas noites acordado, pensando naquele "incidente". No que eu senti, em como eu a fiz se sentir e em como aquilo parecia tão errado e, ao mesmo tempo, tão certo. Desde então, estou sem sair com mulher alguma.

O ápice da minha tristeza foi durante a noite passada. Os dois pombinhos passaram a noite como cães no cio até que eu não aguentei e fui até a casa dela. Bati na porta com força até os gemidos pararem. Minha Julie veio abrir a porta, os cabelos desarrumados, vestida com a camisola mais sexy que eu já vi na vida.

Fiquei lá parado, de boca aberta, olhando para ela, sem ação.

– Danny, o que você quer? – ela perguntou, com a voz levemente irritada.

– Julie, eu... eh... – eu parecia um idiota, mas a minha cabeça só conseguia focar naquele corpo sedutor enquanto meu pau se manifestava dentro das calças.

– Daniel, isso não é hora de bater na casa de ninguém. Não me leve a mal, mas estou ocupada. Amanhã nós conversamos.

– Mas... Jul... – ela bateu a porta na minha cara e eu fiquei balbuciando como um peixe no aquário. Merda!

Os gemidos recomeçaram e eu só pensava naquele idiota com ela. Até que ela soltou um "Ohh... Alan...". Aqueles gemidos deveriam ser comigo. Ela devia estar gritando o meu nome. Droga, estou realmente fodido.

*

Na manhã seguinte, estou sentado em meu escritório, olhando para a janela, sem ver nada, lembrando-me do episódio da madrugada, quando uma batida na porta me tira da minha divagação.

– Entra – falo, já mal humorado. Realmente, não sei o que está acontecendo comigo. Sempre fui um cara brincalhão. Estou parecendo um pit bull raivoso. Zach entra na sala e olha para mim com uma cara estranha.

– Cara, o que está acontecendo? Você está horrível. E... – ele para de repente e começa a cheirar o ar. – Você tem tomado banho? Esta sala está cheirando a cachorro molhado. Olha a sua cara. Está com a barba por fazer e o cabelo bagunçado. Meu Deus, Danny, o que está acontecendo?

Eu realmente não lembro se tomei banho.

– Eu... não sei – falo e o encaro, sem saber o que responder.

– Danny, você vai levantar dessa cadeira agora, vai para casa tomar um banho (ou vai acabar espantando os clientes com esse fedor), vai se barbear e fazer alguma coisa para resolver isso. Que merda, Danny, se o seu problema é o novo casalzinho, você vai ter que resolver isso!

– Eu não sei o que posso fazer... ela... ela... – eu estava tão desanimado que não conseguia explicar meus sentimentos para Zach.

– Vamos embora. Eu vou te ajudar. Você vai recuperar sua garota.

– Ok.

Zach me levou de carro para casa e no caminho conversamos sobre assuntos aleatórios. "Conversamos" não, ele foi falando e eu, só ouvindo. Estava cansado demais para conversar.

Chegamos em casa e ele me empurrou para o banheiro, apesar de que a minha vontade era entrar debaixo do meu edredom vermelho. Enquanto preparo meu banho, Zach vai em direção à cozinha, provavelmente, fazer algo para o almoço. Ele cozinha muito bem e, se não tivéssemos aberto o After Dark, com certeza seria um *chef* ou algo assim.

Entro no chuveiro, tomo um longo banho quente. Faço a barba que, realmente, já estava gigante. Visto uma roupa limpa e, quando saio do banheiro, Zach está me esperando, com a mesa posta e a comida pronta. O cheiro do molho de tomate sobre o espaguete anima meu estômago, e eu percebo que estou realmente com fome, pela primeira vez, depois de semanas sem me alimentar direito.

Depois que já estamos sentados e comendo, Zach começa o interrogatório.

– Dan, o que está acontecendo?

– Eu não sei. Acho que estou... deprimido.

E eu conto tudo para ele, desde o momento em que a vi cantando no vídeo até os acontecimentos da noite passada.

– Cara, desde que eu vi aquele vídeo a minha vida nunca mais foi igual. Não sei o que estou sentindo, se é tesão acumulado ou algo mais. Eu só sei que ver a Julie com ele está me matando.

– Entendi. Você precisa agir. Ficar aí, pelos cantos, não vai resolver.

– O que eu vou fazer, Zach? – eu passo as mãos no meu cabelo, sem saber que atitude tomar.

– Eu vou te dizer o que você vai fazer.

Julie

Duas semanas depois do início da missão, George e eu fomos almoçar para que eu pudesse fornecer os "relatórios".

– Como estão as coisas, garotinha? Essa sua vida deve ser dura... fingir ser namorada do Alan, ganhar beijos e lambidas dele... ai ai...

– George!

– O que foi? – ele me pergunta, cínico. – Conta tudo para o titio George. Quero saber de tudo!

– As últimas semanas foram... estranhas. Alan e eu começamos a colocar nosso namoro de fachada para andar. E, antes que você fale alguma coisa, ele tem sido muito respeitador.

– Jura? Que pena...

Eu não resisto e acabo rindo da decepção dele.

– Agora, Danny parece estar reagindo. Ele parece estar em todo lugar aonde eu vou. Ele parece estar mal. Está abatido, com a barba por fazer, mais magro.

– Sabe o nome disso, meu bem? Ciúmes. Era exatamente o que a gente queria!

Jo chega nesse momento, toda arrumada, vinda direto do fórum.

– Vocês almoçaram? Estou morrendo de fome – ela já chega assaltando a cestinha de torradas que o garçom deixou como entrada. Que estranho, ela não é de comer muito, principalmente pão. Será fome mesmo? Ansiedade? Energia acumulada?

– Já fizemos o pedido, baby – George fala e chama o garçom.

Eu e George olhamos um para o outro assustados enquanto Jo pede uma quantidade absurda de comida. Tem algo errado.

– Amiga, está tudo bem com você? – eu pergunto preocupada.

– Sim, por quê?

– Nunca vi você comer tanto!

– Só estou com fome. Do que vocês estavam falando? – ela muda de assunto.

– Sobre o seu irmão.

– Olha, minha mãe está bem preocupada com ele. Eu tive que fazer de conta que não sabia o que estava acontecendo.

– Ótimo – George fala enquanto bebe seu vinho.

– Coitadinho, George! Danny nunca esteve assim, não sabemos o que fazer com ele.

– Coitadinho nada. Ele tem que acordar e ir atrás da garota dele. Agora, quero saber tudo sobre a operação *Harry & Sally*, garotinha! – operação *Harry & Sally* foi o nome que George deu ao plano que executamos na noite passada. Ele deu esse nome porque tínhamos que interpretar a famosa cena do filme com Meg Ryan, em que Sally finge um orgasmo sem o Harry tocar nela. Apenas com gemidos. Só de lembrar, eu começo a rir. – Quero saber de TU-DO!

– George, foi tenso! – eu dou uma gargalhada nervosa e começo a contar em detalhes tudo o que aconteceu...

*

A campainha tocou.

"Droga! Alan já chegou". Estava muito nervosa.

– Oi, linda – ele entrou e me deu um beijo no rosto.

– Entra – eu já estava vermelha como um pimentão.

– O que você tem? Está nervosa?

– Muito.

– Fica calma, linda. Vai dar tudo certo – ele disse e piscou para mim. Deus! Se não fosse o Daniel, eu já teria pulado nele. – Eu fiquei pensando, ele pode vir até aqui pra me matar... você sabe disso, não é?

– Jura?

– Claro. Eu, no lugar dele, viria. Então troque de roupa e coloque uma lingerie bonita – eu levantei uma sobrancelha para ele, desconfiada. – Calma, gata. Com todo respeito. Se ele bater aqui, você não pode atender a porta totalmente vestida.

Eu concordei, um pouco incerta. Sempre fui uma péssima atriz. Fui até meu quarto e abri a gaveta de lingerie. Olhei tudo o que George me fizera comprar e não me senti à vontade de usar calcinha e sutiã ou um espartilho na frente de Alan. Uma camisola ia ter de servir.

Vesti uma camisola curta, com bojo estruturado com renda, de seda, em um tom de roxo que contrastava com meu cabelo muito claro. Ainda bem que ela não era transparente. Mas, para garantir, eu vesti um hobby por cima.

Cheguei na sala e Alan estava confortavelmente acomodado em meu sofá, sem camisa, calça aberta e com a posse do controle remoto. "Essa será uma noite difícil", pensei comigo.

Você deve estar se perguntando: se eu me senti balançada por ele, por que não aproveitei? Não pude evitar me sentir atraída. Que mulher não se sentiria, vendo esse deus grego sentado em seu sofá? Mas o amor, para mim, é mais importante do que algumas horas de sexo quente e suado. Que droga!

Quando Alan me viu, ele sorriu e fez sinal para eu me aproximar. Eu sentei e ele me encaixou sob o seu braço. Ao me acomodar, assistimos a um show do Franz Ferdinand na TV. Cantamos juntos algumas músicas e, no meio do show, o constrangimento já tinha ido embora.

O show acabou e olhamos a hora. Já passava da meia--noite. Estava na hora de agirmos.

– Eu tive uma ideia – Alan foi em direção à cozinha e abriu a geladeira.

– O que você vai fazer? – eu o vi pegar um pote de sorvete de chocolate belga que eu estava escondendo. Droga, eu não consigo resistir a chocolate belga.

– Como eu sei que você não vai gemer por minha causa, vou te dar um estímulo – ele me pega pela mão e me leva para perto da janela aberta da sala, mas longe o suficiente para não sermos vistos. – Preciso de uma venda.

– O quê?! – meu Deus! Quem ele pensa que é? Christian Grey?

– Uma venda, linda. Com os olhos vendados, seus outros sentidos ficam mais aguçados e você não vai ficar envergonhada.

Fui até o quarto e peguei uma faixa preta de cetim de um vestido. Alan vendou meus olhos e me colocou sentada em uma cadeira. Já estava com frio na barriga.

Uma música lenta começou a tocar ao fundo. Reconheço a voz de James Blunt, cantando *You're beautiful.* Alan soube, realmente, como me fazer entrar no clima. De repente, senti as mãos quentes dele nos meus ombros. Ele começou a fazer massagem e meu corpo relaxou.

Quando menos esperava, Alan começou a cantar no meu ouvido, com James Blunt:

You're beautiful, it's true.
I saw your face in a crowded place,
And I don't know what to do,
'Cause I'll never be with you

Ele tinha razão: meus sentidos estavam completamente aguçados pelo toque das suas mãos e pelo som da sua voz.

De repente, ele pegou em meus cabelos com uma das mãos, e inclinou um pouco a minha cabeça para trás. Senti meus lábios gelados. Alan encostou a colher com sorvete em minha boca.

Eu não aguentei e gemi quando senti o sabor do chocolate belga.

– Isso, linda, geme mais um pouco. Assim está perfeito – ele me deu mais uma colherada do sorvete, segurando meu cabelo com força, e falando no meu ouvido.

– Ahhhhhh... Alan... Uhhhmmmmmmmm.

Meus gemidos foram aumentando enquanto ele alternava entre palavras de incentivo e colheradas de sorvete. Eu sempre soube que chocolate era afrodisíaco, mas nem nos meus sonhos mais loucos imaginei que poderia ter uma experiência quase sexual com sorvete.

De repente, eu levo um susto com alguém batendo na porta.

BUM! BUM! BUM!

Nós dois paramos e eu puxei a venda dos meus olhos. Estava um pouco atordoada ainda. Levantei para abrir a porta, mas Alan me parou no caminho, desamarrou meu hobby, sacodiu meu cabelo com as mãos e derrubou uma das alças do meu ombro. Eu fiquei sem entender bem. Pelo menos até abrir a porta de casa e encontrar Danny me olhando de boca aberta.

– Danny, o que você quer? – perguntei a ele, irritada. Eu queria que fosse ele ali dentro, me dando sorvete.

– Julie, eu... eh... – ele não conseguiu tirar os olhos de mim e pensei em bater a porta antes que eu o puxasse para dentro de casa e esquecesse que Alan estava lá.

– Daniel, isso não é hora de bater na casa de ninguém. Não me leve a mal, mas estou ocupada. Amanhã nós conversamos.

– Mas... Jul... – eu bati a porta. Alan então veio e me segurou contra porta, sussurrando no meu ouvido:

– Fecha os olhos. Imagina que tudo o que você está pensando que esse idiota poderia fazer está realmente acontecendo, e geme um pouco mais alto para ele ouvir.

– Ohhhhh... Alan... – eu solto, sem saber se estava horrorizada por ele saber o que se passa na minha cabeça ou se a situação me excitava.

Ele se afastou de mim, tampou o sorvete e guardou de volta no freezer.

– O que... o que você está fazendo? – eu perguntei.

– Guardando o sorvete. Está derretendo – ele disse e sorriu para mim. Eu continuo lá, parada, sem ação. – Linda?

– Oi?

– Pega um travesseiro pra mim?

Travesseiro?

– Pra quê? – eu perguntei, já desconfiada. Se ele fez aquilo com um sorvete, Deus me proteja do que ele poderia fazer com o travesseiro.

– Vou ficar no seu sofá, linda. Se eu sair agora, o Danny pode desconfiar.

– Ahh... – eu murmuro. – Tudo bem.

Ele piscou para mim e seguiu para o banheiro enquanto eu fui para o meu quarto. Na volta, nós nos encontramos no corredor e ele me prende entre seus braços, contra a parede.

– Não é porque eu parei que não estou a fim, entendeu? Eu parei porque realmente gosto de você. Se você não fosse tão especial, estaria naquela cama, embaixo de mim, gemendo por minha causa e não pelo sorvete, entendeu? – ele olhou nos meus olhos, com os lábios muito perto dos meus. Pai do céu. O que fazer com esses homens?

– Entendi.

– Ótimo. Boa noite, linda.

Ele roçou os lábios nos meus e se afastou, tomando o travesseiro das minhas mãos e indo dormir no sofá."

*

– ... e foi isso que aconteceu.

George me olha incrédulo, depois de ouvir calado (milagre!) tudo o que contei.

– Garotinha... – ele começa e, de repente, para e sacode os braços insistentemente, chamando o garçom. Olho para Jo, que está com a mesma expressão aterrorizada no rosto. – Garçom, por favor, três doses de tequila. Rápido, por favor. Temos uma emergência na mesa.

– Ju, amiga, estou chocada! – Jo fala olhando para mim, ainda assustada. – Você realmente ama o meu irmão, não é? Porque eu, no seu lugar, teria agarrado Alan no momento em que ele dissesse que ia me vendar. Eu não sei como você conseguiu resistir.

– Jo, eu amo sim o Danny. Amo muito. Ele é o homem com quem eu sempre sonhei. Desde criança, quando nós duas brincávamos de casinha, eu fingia que o Danny era meu marido. Nunca pensei em viver minha vida ao lado de outro homem que não fosse ele.

– Você merece ser tudo pra ele, garotinha – diz George, sorrindo.

– Eu não quero ser tudo pra ele. Só quero ser aquela pessoa especial. Aquela que ele não trocaria por nada nesse mundo.

A mesa fica em silêncio absoluto, até que George levanta seu shot de tequila num brinde:

– Ao amor!

Capítulo onze

Vou para casa depois de almoçar e passear no shopping com meus amigos. No caminho, penso nas músicas que tenho de ensaiar para o show dessa semana. Os meninos tocam em outros lugares, mas eu prefiro cantar só no After Dark, e nosso dia é sempre às sextas-feiras. Não sei por que, mas acho que me sinto mais segura me apresentando perto de gente que eu gosto. Rafe, Zach... Danny. Eu sorri ao me lembrar do olhar dele na noite passada. As coisas poderiam ser mais fáceis. Não sei por que tudo tem de ser tão complicado.

Chego perto de casa e levo um susto. Alguém deixou um caminho de pétalas de rosa até a entrada. Será que Alan aprontou alguma?

Vou até a porta e, quando abro, meu susto é ainda maior. A minha casa parece uma floricultura. Em todos os cantos imagináveis da sala há rosas vermelhas de cabo longo. Alguém gastou um bom dinheiro!

Fico ali uns trinta segundos, parada, sem saber o que fazer, quando um envelope chama a minha atenção.

Julie,

Gostaria muito de te pedir desculpas pelas minhas ações nas últimas semanas.

Finalmente eu entendi que você cresceu. Cresceu, e se tornou uma mulher linda, sexy, com uma voz poderosa.

Eu não tinha enxergado isso. Eu não queria enxergar. Queria que você fosse, eternamente, uma menina que precisava ser protegida. E eu percebi que estou completamente errado em agir assim.

Gostaria de ter a oportunidade de conhecer melhor a mulher que você se tornou. Quero que essa mulher especial seja tão próxima de mim quanto era a menina Julie.

Por favor, jante comigo esta noite. Apenas você e eu. Me dê a chance de conversar com você sem aquele cara por perto.

Quero conhecer melhor aquela mulher cuja voz me fez perder completamente o rumo. Para qualquer lugar que eu olhe, eu vejo você.

Às 19h, um motorista virá buscar você para se encontrar comigo.

Estarei te esperando.

Seu,

Danny.

Acabo de ler a carta e olho novamente ao redor, incrédula. Jamais imaginei que Danny teria um comportamento assim… romântico. Nunca o vi comprar flores ou coisas do gênero para qualquer namorada.

Tiro uma foto da sala florida e mando para George com uma mensagem de texto.

`Minha casa virou um jardim. E um estranho se apoderou do corpo do Danny Boy.`

George responde de imediato.

`Garotinha, o que é isso? Rosas de cabo longo?! :O :O :O A operação` *`Harry & Sally`* `foi um sucesso, então!`

`Parece que sim. Vou me arrumar, pq eu tenho um encontro romântico essa noite. ;)`

`Ok. Divirta-se. E faça TUDO o que eu faria. :D`

Vou tomar um banho pensando na reviravolta que a minha vida estava dando. Eu não conseguia acreditar que Danny era capaz de uma atitude tão sentimental.

Após o banho, vou até o quarto enrolada na toalha para escolher uma roupa. Como eu não sei para onde ele vai me levar, fico com medo de me arrumar demais ou de menos, e opto por um vestido preto de tecido leve, que comprei com George no nosso último passeio de compras. Eu estava guardando para usar em uma ocasião especial e acho que a noite de hoje será perfeita. O vestido vai ficar lindo com o *peep toe* que comprei.

Olho no espelho, satisfeita com a produção. Agora é hora de dar um jeito no cabelo. Eu queria fazer o penteado que George faz em mim nas noites de show, mas não consigo de jeito nenhum. Seco então o cabelo e solto ele levemente em minhas costas. Fico surpresa ao ver que o meu cabelo, apesar de não ter aquelas ondas que eu adoro, parece perfeito com o vestido.

Olho para o relógio e está quase na hora do carro chegar. Eu me apresso com a maquiagem, com medo de me atrasar.

Dou um destaque aos olhos, com um delineador bem fininho e máscara nos cílios. Um blush de leve só para dar uma cor e, nos lábios, um batom cor de boca. Estou colocando na minha *clutch* celular, dinheiro e documento, quando a campainha de casa toca.

Sinto um frio na barriga ao abrir a porta, e me deparo com um homem mais velho, com um terno preto, cabelos claros e olhos bondosos, que sorri para mim.

– Srta. Walsh?

– Sim – eu respondo, sorrindo de volta.

– Meu nome é James e eu sou o seu motorista esta noite. O sr. Stewart lhe aguarda em nosso destino. A senhorita está pronta?

– Sim – respondo, e pego a minha bolsa que está no móvel próximo à porta. Acompanho-o até o carro e… *Uau*! Tem um BMW 3 Series GT preto nos aguardando do lado de fora! Danny realmente caprichou.

– Senhorita, por favor – James fala, abrindo a porta para mim.

– Para onde vamos? – eu pergunto, curiosa, enquanto me acomodo.

– É uma surpresa. Mas nosso percurso tem o tempo estimado de trinta minutos – ele sorri para mim e fecha a porta.

Estou realmente surpresa. Sinto-me como se fosse uma das mocinhas dos livros que gosto tanto de ler, a caminho de um encontro com o príncipe.

Durante o percurso, penso no passado. Fechando os olhos, eu recordo de um verão, na minha adolescência, quando tiramos a foto que está no escritório de Danny. Nós passamos um mês em uma casa de praia em Santa Monica. Naquele verão, Danny e eu passamos os nossos dias juntos, indo à praia, jogando vôlei, tocando violão em uma roda de amigos à beira do mar. Minha mente retorna a um dia em especial, quando fomos com um grupo de amigos ao Pacific Park. É um parque de diversões que fica no píer de Santa Monica. A grande atração de lá é uma roda-gigante e, nesse dia, nos dividimos em pares e Daniel fez esse passeio comigo.

★

– Eu adoro roda-gigante – disse para Daniel quando o condutor fechou a trava de segurança. O que eu não disse é que eu adoro quando ele anda na roda-gigante comigo.

– Eu sei. Todo verão você quer andar nesta maldita coisa – ele respondeu, sorrindo. O brinquedo começou a rodar e ele segurou a minha mão. – Você ficou com o olhar distante. Em que está pensando? – como poderia dizer que eu gostaria que ele me beijasse? Teria de ser menos explícita.

– Estava pensando que isto faria parte de um encontro perfeito.

– E como seria o resto desse encontro perfeito? – ele perguntou e eu tive a sensação de que seus olhos estavam brilhando. Pensei se ele estaria interessado.

– Por que quer saber? Vai me chamar para um encontro perfeito? – eu perguntei sorrindo. Senti meu rosto corar. Acho que sou romântica, uma garota à moda antiga.

– Quem sabe? – ele respondeu e piscou para mim. – Mas preciso saber, para ter a certeza de que consigo chegar à altura do seu encontro dos sonhos!

Eu fechei os olhos, imaginando a cena, e comecei a falar.

– Ele começaria horas antes. A pessoa me mandaria flores, para demonstrar o quanto sou especial – ele riu e eu o encarei, séria. – Não vou mais contar.

– Conta, Julie. Quero saber. Por favor – ele me olhou e eu não consegui resistir.

– Iríamos num belo carro até a praia...

– Em Santa Monica mesmo? – ele me interrompeu.

– Sim. Eu amo este lugar – sorri para ele e continuei. – Ele me levaria para jantar à luz de velas naquele restaurante à beira-mar... Sabe qual é? Aquele que tem um deque sobre a praia? – ele acenou e eu continuei: – Passaríamos a noite conversando e nos conhecendo melhor. Depois do jantar, ele me levaria para caminhar na praia e chegaríamos ao parque.

– E aí?

– Aí andaríamos na roda-gigante. E quando ela parasse no alto, ele me beijaria – mais uma vez senti meu rosto corar. Droga.

– Como você sabe que a roda-gigante pararia bem no alto, Julie? E se parasse e vocês estivessem na parte de baixo? – ele perguntou rindo, daquele seu jeito cético.

– Daniel! Esse é o meu sonho. Jamais, no meu sonho, ela pararia na parte de baixo! – eu falei, e rimos juntos. Um vento mais frio bateu e eu estremeci. Ele passou o braço ao redor dos meus ombros e me senti protegida.

– Eu quero que todos os seus sonhos virem realidade, baby – ele disse e ficamos em silêncio. Pouco tempo depois, o brinquedo para e chega a nossa vez de descer. Nunca me senti tão próxima de Daniel como naquele momento, no alto da roda-gigante. Eu poderia ter ficado ali, abraçada a ele pelo resto da vida. Com o fim do passeio, reencontramos nossos amigos, mas ele não largou minha mão a noite toda.

*

Lembro que, depois dessa noite, Danny mudou seu comportamento comigo. Alguma coisa aconteceu e ele passou a agir como o irmão mais velho que não era. Olho pela janela e me dou conta de que entramos na orla de Santa Monica, perto do final da Route 66. Não estou acreditando que Daniel me trouxe aqui. Do carro, vejo a roda-gigante iluminada e me sinto tremer por dentro. Será que ele... não. Ele não deve se lembrar daquela conversa. Isso foi há tantos anos!

James para o carro em frente a um lindo e elegante restaurante, que não reconheço. Faz muito tempo que não venho aqui e muita coisa mudou no decorrer dos anos. Ele sai do carro e abre a porta para mim.

– Srta. Walsh – ele fala e estende a mão para me ajudar a sair do carro. Eu aceito e agradeço a gentileza. Ele fecha a porta e me orienta: – O sr. Stewart lhe aguarda no interior do restaurante.

– Obrigada – eu sorrio para ele e sigo até a entrada. O restaurante parece... vazio. O que é estranho, para uma quinta-feira à noite em época de férias. Uma *hostess* vem até a porta me receber.

– Srta. Walsh?

– Sim – nossa, como ela sabe meu nome?

– O sr. Stewart lhe aguarda no deque. Por favor, me acompanhe – ela me guia pelo restaurante, que de fato está completamente vazio. Chegamos ao deque e eu fico *completamente* atordoada.

O local está vazio, como a frente do restaurante. Porém, está todo iluminado com velas. Flores vermelhas, como as rosas que ele deixou na minha casa, enfeitam as mesas. O clima está perfeito para uma noite ao ar livre. A *hostess* aponta em direção a Danny, que está debruçado na grade do deque, olhando o mar. Ele está com um terno escuro e eu nunca o vi tão arrumado, exceto nos casamentos da família. Vou até ele e, antes que eu me aproxime, ele se vira para mim. Nem parece o mesmo homem infeliz de algumas noites atrás. Ele está com a barba feita e o que mais me chama atenção são aqueles olhos extremamente verdes, que parecem ainda mais brilhantes. Ele sorri para mim, segura a minha mão e a beija.

– Obrigado por ter vindo, Julie.

– Danny, eu não posso acreditar que você fez tudo isso. O restaurante está vazio. Como pode? – ele toca no meu rosto e responde sem desviar os olhos dos meus.

– Eu reservei o restaurante só para nós dois esta noite. Temos toda a privacidade que desejarmos. Eu poderia até fazer amor com você numa dessas mesas, que ninguém nos interromperia – ele pisca, brincalhão, e eu fico completamente vermelha.

– Daniel!

– Estou brincando, baby. Mas esta noite é nossa. Como eu disse na carta, quero te conhecer melhor. Conhecer a Juliette adulta, não a menina que eu imaginava que você fosse – ele me puxa para perto dele e nos vira em direção ao mar. – Eu nem lembrava que sentia tanta saudade daqui.

– Eu amo esse lugar, Danny. Os meus momentos mais felizes foram aqui – digo emocionada. Ele passa o braço ao meu redor, beija meu cabelo e aponta para o céu.

– O céu daqui sempre foi mágico, não é? Olha quantas estrelas – de fato, parece um tapete estrelado. Nunca vi um céu igual ao de Santa Monica no verão.

– É perfeito – eu murmuro, emocionada demais para continuar falando. Passamos mais alguns minutos olhando o céu e o mar, abraçados, até que ele murmura no meu ouvido:

– Vamos pedir nosso jantar?

– Vamos – eu sorrio e ele me leva até uma das mesas. Nós sentamos e ele não solta a minha mão.

– Eu acho que eu não te falei como você está linda – ele diz e eu baixo os olhos, envergonhada. Não sou boa em lidar com elogios. – Sério, Ju. No palco, você fica linda, com o cabelo ondulado e aquela maquiagem, mas eu realmente gosto do seu cabelo assim. Parece mais… real.

Eu sorrio, e um garçom aparece com uma garrafa de champanhe em um balde de gelo e duas taças. Nós brindamos e bebemos o champanhe em silêncio, aproveitando o momento, Daniel até me pergunta se estou gostando de cantar no After Dark.

– Estou amando. A banda é muito boa e a plateia é maravilhosa. As pessoas são muito receptivas.

O garçom serve o jantar, e a conversa continua animada. A companhia de Daniel é realmente encantadora, e ele me faz lembrar o Danny daquele verão do nosso passado. Falamos sobre os mais diversos assuntos: seu interesse em expandir o bar para outras cidades, a família, nossos amigos, coisas que gostamos de fazer. Durante a sobremesa, eu olho para ele e me sinto extremamente feliz. É um momento perfeito, no qual eu vejo o quanto nós temos em comum.

Quando terminamos o café, Daniel sorri e me convida para dar uma caminhada. Já é bem tarde, mas a praia de Santa Monica continua movimentada, com turistas aproveitando todos os momentos possíveis. Caminhamos pela orla, de mãos dadas, e me parabenizo por ter colocado um sapato que, apesar de bonito, é bastante confortável. O passeio está tão gostoso que não quero que acabe.

Enquanto nos aproximávamos do parque, meu coração começou a bater mais forte. Eu não deveria me sentir assim. A essa hora, o parque já está fechado, apesar das luzes dos brinquedos continuarem acesas, dando um colorido todo especial ao lugar.

Danny sorri para mim e vai até o portão. Estou prestes a questionar o que ele vai fazer, quando um senhor se aproxima e o cumprimenta, deixando-nos entrar.

– Danny, o que estamos fazendo? O parque já fechou.

– Não para nós, baby – ele sorri, tira o blazer e desfaz o nó da gravata. O senhor que nos deixou entrar sorri, pede licença e se afasta, levando embora as roupas que Danny tirou. Eu fico parada, olhando para ele, sem entender. Depois de dobrar as mangas da camisa social, Daniel estende a mão para mim e eu a aceito. Ele nos guia até a entrada da roda-gigante. Um rapaz está nos esperando; ele aperta a mão de Danny e nos acomoda na cadeira.

– Danny... nossa, eu nem sei o que dizer. Como você conseguiu isso? – eu falo, ainda estupefata com toda a situação.

– Baby, anos atrás você me contou como seria o encontro dos seus sonhos, lembra? – eu aceno com a cabeça, emocionada demais pelo fato de ele ter se lembrado daquele dia. – Eu também lembro. E eu queria que hoje fosse o seu encontro dos sonhos. Talvez assim você se sentisse tentada a largar aquele cara de vez e, quem sabe, me dar uma chance.

Nesse momento, a roda-gigante para. Eu olho ao nosso redor e me dou conta de que estamos no alto dela. Encaro Danny e me perco em seus olhos verdes. Ele se aproxima e murmura, antes de colar os lábios nos meus, a mesma frase que me disse naquele verão:

– Eu quero que todos os seus sonhos virem realidade, baby.

A única palavra que tenho para descrever aquele beijo é: mágico. Mais uma vez, junto de Danny, sinto como se eu tivesse, finalmente, encontrado meu lugar. De repente, a roda-gigante começa a descer e afastamos os lábios. Danny sorri para mim, e percebo que ele parece tão emocionado quanto eu. Ele passa o braço por trás dos meus ombros, me puxando para bem perto de si, e olhamos juntos o mar de Santa Monica.

Alguns minutos depois, o passeio acaba. Danny segura a minha mão e vamos andando de mãos dadas até a saída do parque.

Chegando lá, o senhor da portaria entrega a ele o blazer e a gravata, e se despede de nós. Do lado de fora, James já nos aguarda. Quando nos vê sair, ele abre a porta do carro e me ajuda a entrar.

– O passeio foi bom, senhorita? – ele me pergunta com aquele sorriso simpático no rosto.

– Sim, foi perfeito! – eu sorrio de volta e Daniel entra no carro, sentando ao meu lado. Ele me abraça e vamos para casa assim, juntos por todo o percurso.

Na chegada ao nosso condomínio, eu me sinto um pouco trêmula, em antecipação ao que vai acontecer.

Ele abre para mim a porta da minha casa, sorrindo ao ver a floricultura que minha sala se tornou. Seu olhar se prende ao meu e ele, mais uma vez, me beija.

Esse é um beijo forte, cheio de desejo acumulado, muito parecido com o beijo que ele me deu pela primeira vez, em seu escritório. Danny segura meu cabelo com força, aprofundando o beijo, e a única coisa que consigo pensar é que eu não quero que acabe nunca.

Tão de repente quanto começou, Danny se afasta, terminando o beijo. Ele parece estar tão afetado quanto eu pela química que existe entre nós. Quando acho que ele vai sugerir irmos para o meu quarto, ele me surpreende dizendo:

– Baby, não posso mais te tocar enquanto você estiver com Alan. Eu quero muito ficar com você. Talvez você nem imagine o quanto. Mas eu sei que, se fizéssemos amor hoje, amanhã você não se perdoaria por ter traído aquele cara. E eu não quero que o que vai acontecer entre nós seja um segredinho sujo.

– Mas Dan... – eu começo a falar, quase pronta para confessar que Alan é uma farsa, mas ele me interrompe.

– Não, Ju. Eu vou para casa e você vai pensar sobre o que você quer. Se você quiser ficar comigo, antes precisa terminar com ele. Amanhã é dia do show de vocês, e nós vamos combinar assim: se você terminar com ele para tentarmos ficar juntos, você vai cantar, em algum momento do show, *Tears in Heaven*. Se você não cantar, eu vou entender que você escolheu ficar com ele e vou respeitar, ok? Temos um acordo, baby?

– Sim, Danny, temos um acordo.

Ele sorri, dá um leve beijo nos meus lábios e se afasta, soltando aos poucos uma mecha do meu cabelo.

– Boa noite, minha Ju. Durma bem – ele diz baixinho e vai embora, fechando a porta atrás de si.

Eu encosto na porta fechada, feliz com a noite mais maravilhosa que já tive na vida e pensando que vou precisar fazer uma alteração na *playlist* do show.

Capítulo doze

Daniel

Passo a sexta-feira trancado em meu escritório, ansioso pela hora do show. A noite de ontem foi incrível. Preciso comprar ingressos para a próxima temporada dos Lakers para presentear Zach, em agradecimento. A conversa que tivemos foi essencial para que eu mudasse meu comportamento em relação à Julie.

Eu estava tão infeliz e não sabia o que fazer para mudar minha situação. Zach me fez contar o que eu estava sentindo e abriu meus olhos para o fato de que, se ela me fazia sentir tão miserável, era sinal de que o que eu sentia por ela não era um simples desejo. Disse também que eu não podia me punir por gostar dela não como irmão, mas como algo mais. E o que me aterrorizou ainda mais: percebi que se eu não fizesse algo extremo para conquistá-la, o idiota do Alan ficaria com a minha garota.

Depois do almoço e da nossa conversa na minha casa, voltamos para o After Dark e eu fiquei no escritório, andando de um lado para o outro, pensando no que faria para conquistá-la, até que olhei para um porta-retratos em cima da estante.

Era uma foto nossa, que foi tirada durante minhas primeiras férias da faculdade, na praia de Santa Monica. Nós dois estávamos abraçados, rindo, e a roda-gigante do Pacific Park estava ao fundo. Imediatamente, lembrei-me da conversa que tivemos, naquela roda-gigante, sobre o encontro dos sonhos dela, e soube o que tinha de fazer.

Saí do bar no meio da tarde, peguei a moto e fui direto para a praia colocar meu plano em ação. O tal restaurante que ela falou na época não existe mais. Mas ali, de frente à praia, tinha um novo lugar elegante, que serviria ao meu propósito. Gastei um bom dinheiro com todos os preparativos, mas, se ela me quiser, terá valido a pena.

Olho pela janela da sala, lembrando do beijo no alto da roda-gigante. Nunca fui um cara romântico com nenhuma namorada. Eu sou muito pé no chão e objetivo. Mas tenho de dar o braço a torcer e admitir que aquele foi um dos momentos mais bonitos que já vivenciei. No final da noite, eu acabei dando um ultimato a ela. Não sei se foi o melhor a fazer, mas não sou paciente o suficiente para ficar esperando uma decisão. Ou ela vai ser minha agora, ou vou ter de esquecê-la.

Tento focar no trabalho para não ver o tempo passar. Finalmente, consigo me desligar totalmente e passo o resto da noite analisando contratos. Muito tempo mais tarde, vejo que está na hora do show.

Não espero mais. Saio do escritório e vou direto para o bar sentar no meu banco de sempre. Desde que ela começou a cantar aqui, eu sento toda sexta-feira no mesmo lugar. Luke, o barman, oferece-me uma bebida, mas eu peço apenas uma água. Quero estar com a cabeça limpa para ver a resposta dela. Se, no fim das contas, eu sair perdendo, aí sim vou afogar as mágoas no meu amigo Jack Daniels.

As luzes diminuem, a banda entra no palco e começa a tocar uma balada que identifico como sendo *Brand New Me*, da

Alicia Keys. A Ju aparece no palco e meu queixo cai. Ela está linda. Ainda mais linda do que na noite passada, se é que isso é possível. Ela está usando um vestido tomara que caia branco, com o cabelo liso do jeito que eu gosto, caindo pelos ombros. Ela usa maquiagem, mas muito suave. Apenas seus lábios se destacam com um batom quase vermelho. Isso é o suficiente para eu me sentir desconfortável – meu pau começa a despertar para a vida. E só de pensar que no fim da noite ela pode ser minha, que aquela boca vermelha pode estar em mim, sinto vontade de acabar com o show, jogá-la no meu ombro e levá-la para casa.

Ela começa a cantar e eu não consigo desviar o olhar, é como se ali só estivéssemos ela e eu. Sem plateia, sem banda, sem Alan imbecil. Ela abre os olhos e olha em minha direção, cantando sem parar de me encarar.

A noite segue e, a cada música que ela canta, seu olhar está preso ao meu. Por vezes, ela sorri para mim, mas em boa parte ela está séria, apenas me olhando, como se cantasse exclusivamente para mim. O show vai se aproximando do fim, e nada de ela cantar a música que pedi. Fico a cada momento mais nervoso.

Eles anunciam a última música e começam a cantar *Every Night*, de Paul McCartney. Era para eu ter me levantado dali naquela hora – meu coração estava no pé porque ela não cantou o que eu pedi. Mas eu, automaticamente, me identifico com a letra da canção, que fala de como Paul vivia na farra, como eu, até uma noite em que tudo isso parou de fazer sentido e tudo o que ele queria era ficar com a garota. É, Paul, a vida é dura. Eu sei que deveria, mas não consigo me levantar, e ela continua cantando. Estranhamente, sinto meu corpo doer. Nunca imaginei que decepção causasse dor física.

A música acaba e, quando me preparo para ir embora, Ju fala para a plateia:

– Essa era para ser a nossa última canção, mas eu gostaria de cantar mais uma música – a plateia aplaude e solta gritos de euforia. Eu fico atônito, sem tirar os olhos dela, atento ao que ela está falando. – A próxima música vai para uma pessoa especial. Dan, essa é para você.

Ela começa a cantar *Tears in Heaven*, de Eric Clapton. Não sei se ela se lembra, mas, durante aquele verão da roda-gigante, ela cantou essa música inúmeras vezes nos luais que fazíamos na praia. E eu sempre ficava impressionado, porque a voz dela já era linda, desde muito nova, e ela entonava a carga emocional perfeita que a canção exigia.

Ela canta a música, com lágrimas nos olhos, mas em momento algum desvia do meu olhar. Meu corpo se arrepia da cabeça aos pés e só consigo pensar que ela é, finalmente, minha.

A música acaba, a banda agradece e eu vou direto aos bastidores. Chego lá no mesmo momento em que Ju sai do palco. Ao me ver, ela sorri. Eu pego sua mão e saímos pelos fundos, sem que ela tenha tempo de dizer nada. Seguimos até a minha moto, com passos rápidos e em silêncio. Dou o capacete para ela usar e subo na moto, seguido por ela, que abraça minha cintura e aproxima seu corpo ao meu. Faço o percurso até nosso condomínio e, chegando lá, puxo-a para minha casa. Abro a porta com pressa, entramos e finalmente dou o beijo que tanto esperei. Se eu a tocasse antes, jamais conseguiria me afastar e acabaríamos passando vergonha.

O beijo é uma combinação perfeita entre a suavidade dela e a minha selvageria. A sensação de ter as minhas mãos no seu corpo é indescritível e eu só consigo pensar que ela é minha. Ela geme, abrindo a boca, deixando-me entrar. Meu corpo inteiro se arrepia e tudo o que eu quero é ouvir seus sons. Somos uma confusão de mãos e bocas, até que me afasto e a pego no colo, levando-a para o quarto e colocando-a na minha cama com o máximo de delicadeza que consigo.

Aqueles olhos castanhos não se afastam dos meus e tudo o que desejo, nesse momento, é mergulhar em seu corpo.

Eu abro o fecho do vestido dela, nas costas, e o tiro, deixando-a apenas de calcinha e... puta merda, ela está sem sutiã! Encontro seu seio, chupo-o e o mordo, enquanto ela se contorce embaixo de mim.

– Eu quero que você grite tão alto que a vizinhança inteira vai saber que você é só minha.

Ela ofega e puxa minha camisa, com o desejo estampado no rosto. Vou beijando o seu queixo e lambendo o pescoço enquanto ela agarra meu corpo, apalpando meu pau por cima da calça. Deito-a de volta na cama e me afasto para tirar a calça jeans. A imagem dela, quase nua, com seus cabelos loiros espalhados no meu travesseiro, era melhor do que qualquer fantasia que eu já tive na vida. Tiro o resto da roupa e me aproximo, mordendo sua cintura enquanto deslizo a calcinha de renda branca para a parte inferior de suas pernas. Mergulhando um dedo, eu quase perdi o controle quando senti o quanto ela já estava molhada. Circulei o polegar em seu clitóris, nós dois estávamos observando meus movimentos. Vi os músculos de sua barriga se apertarem e ouvi os suaves gemidos enquanto eu mexia em sua pele molhada.

–Você é tão macia... – falei, quase perdendo o controle com os sons que ela fazia. Beijei sua barriga e minha língua deslizou pelas suas curvas, rumo ao seu ponto mais íntimo. Eu conseguia sentir cada suspiro e som que ela fazia. Minha boca se tornou mais faminta e urgente, enquanto eu descia pelo seu corpo.

Vagarosamente, empurrei dois dedos dentro dela e chupei seu clitóris, com vontade. Eu queria que ela sentisse pelo menos metade do desejo que eu sentia por ela.

– Dan, por favor... – ela gemeu e eu não aguentei mais. Eu precisava estar dentro dela agora. Estiquei-me até a mesa de cabeceira e peguei uma camisinha na gaveta. Voltei para ela e a beijei furiosamente, enquanto brincava com seus mamilos. Ela correu as mãos pelo meu corpo, explorando-o e me arranhando. Afastando-me um pouco, coloquei a camisinha e devagar, muito devagar, fui preenchendo-a. Cobri seu corpo com o meu, ouvindo seus gemidos, enquanto lambia seu pescoço.

– Meu Deus, isso é bom… – sussurrei enquanto aumentava a velocidade. Ela arqueou as costas e eu a puxei para mais perto, o máximo que pude.

– Mais, Daniel… – ela sussurrou em meu ouvido e eu perdi completamente o controle, mexendo mais forte, estocando com força, cada vez mais fundo.

Eu sentia tudo ao mesmo tempo: meu peito em cima do seu, meu rosto contra seu pescoço, seus braços envolvendo minha nuca e arranhando as costas, minhas mãos puxando seu cabelo, os quadris batendo em harmonia enquanto eu estava dentro dela.

Quando estávamos à beira do clímax, falei em seu ouvido:

– Abra os olhos, baby, quero ver seus olhos quando você gozar.

Ela fez o que eu pedi, gemendo cada vez mais alto, enquanto minhas estocadas se aprofundavam, até que nós dois chegamos juntos ao ápice. Ela sorriu para mim, um sorriso muito parecido com o do alto da roda-gigante, e me beijou delicadamente. Eu a abracei com força e ela me chamou baixinho, no meu ouvido:

– Danny?

– Oi, baby.

– Eu sou sua – ela falou, e eu a abracei ainda mais forte.

Eu estava completamente perdido.

Capítulo treze

Julie

Acordo antes das seis da manhã, assustada, sem saber exatamente onde estava. Sinto meu corpo dolorido e um braço pesado em cima de mim e, imediatamente, me lembro da noite fantástica que tive com Daniel.

Tiro o braço dele devagarzinho, e levanto sem fazer barulho. Visto uma camisa dele que, em mim, é quase um vestido. A manhã está um pouco fria. Vou até a cozinha e faço café para mim. Sigo para os fundos da casa, onde há um pequeno jardim com um balanço. Eu sorrio ao lembrar que, quando Danny mudou para lá, ele quis tirar o balanço, para ganhar mais espaço no jardim. Era ali que nossos amigos se reuniam para fazer churrasco e tomar banho de piscina. Mas, em vez de tirar o balanço, ele acabou colocando um maior, para duas pessoas, de tanto que eu o perturbei.

Eu me acomodo no balanço com meu café e ligo para George, apesar do dia ainda nem ter clareado.

– Eu espero que você tenha morrido e esteja me ligando do além para me avisar que foi recebida por um bando de "*boys* magia" fazendo striptease – George fala, atendendo ao telefone mal-humorado.

– Amigo, desculpa, mas eu precisava conversar... – eu falo baixinho, com medo de acordar Danny.

– Garotinha, o que houve? Eu achei que neste momento você estaria brincando de *cowgirl*, montada no Danny Boy.

– George! – eu falo horrorizada. George sempre consegue me chocar. – Ele está dormindo. Eu só queria conversar com alguém. Não me sinto à vontade de ligar para a Jo e conversar sobre a noite que passei com o irmão dela.

Ouço um farfalhar de lençóis, em seguida, silêncio, até que George retorna na linha.

– Pronto, meu bem, eu já levantei da cama, para não acordar *mi* amor. Onde você está? Você quer que eu vá até ai?

– Não, não precisa. Eu estou sentada no balanço tomando café.

– Vamos começar do começo, então. Como foi a noite?

– George, foi perfeita, em todos os sentidos. Ele consegue ser uma mistura de namoradinho fofo e amante ousado. Isso está acabando comigo...

– Oi? Tá doida? Por que você está assim? Queria porque queria o gato, e agora isso está acabando com você?

– Eu sei, amigo. Mas eu estou perdidamente apaixonada por ele. Se antes eu achava que era ele que eu queria, agora tenho certeza. Mas estou com muito medo. Ele tem meu coração nas mãos. Eu não sei se conseguiria superar se ele estragasse tudo.

– Julie, eu entendo seu medo, mas a vida não tem garantias. E, ainda que ele seja o cara do seu "felizes para sempre", em algum momento da vida ele vai fazer coisas que podem te decepcionar ou pode até ir embora, e você vai ter que saber lidar com isso.

– É disso que tenho medo. Eu não sei se conseguiria suportar perder mais alguém – eu falo e choro baixinho. O que eu não digo para George é que eu acordei sentindo uma falta enorme da minha mãe. Tudo o que eu queria é que ela estivesse aqui agora, para me dar colo.

– Garotinha, as pessoas não são eternas, infelizmente. Mas você não pode deixar de viver por medo de perder. Você lutou tanto para conquistar o homem que faz seu coração balançar! Cadê a mulher corajosa e destemida que eu conheço? Aquela pessoa forte, que não se deixa abater por nada, nem por um sapato apertado ou por uma calcinha fio dental matando? Você é uma mulher ou um ratinho? – ele me pergunta e eu começo a rir.

– Está aqui. Eu sou uma mulher – respondo, enxugando minhas lágrimas e tentando me recompor.

– Então, garotinha, está na hora de você aproveitar o que recebeu. Vá curtir o seu amado. Você esperou tantos anos pela oportunidade de estar com ele!

– Ok. Obrigada, George. Você é o melhor amigo que eu poderia ter.

– Você me deve um café e um presente, por ter me acordado tão cedo – nós dois rimos e desligamos o telefone.

Eu continuo sentada no balanço, assistindo ao nascer do sol, quando sinto a presença de Daniel.

– Baby, está tão cedo, o que você está fazendo aqui? – ele me pergunta, os olhos ainda vermelhos de sono.

– Vim tomar um café e me balançar. Não queria acordar você.

– Eu acordei e senti sua falta. Vem pro quarto, vou fazer você balançar lá dentro, comigo.

Sorrimos, ele me pega em seus braços, me levando de volta para o quarto.

Durante a noite, nós fizemos sexo três vezes. Cada vez melhor que a outra, nossos corpos unidos de tal forma que não sabíamos onde um começava e o outro terminava.

Mas agora, de manhã, o nosso ritmo é outro. Danny me deita na cama devagar, como se eu fosse feita de vidro e pudesse quebrar a qualquer momento. Ele me beija de uma forma gentil. Suas mãos tocam meu rosto e ele beija cada um dos meus olhos e depois meus lábios, suavemente.

– Você é tão linda. Eu não posso acreditar que você está aqui, na minha casa, na minha cama – ele se afasta e tira o short, sem nunca desviar o olhar de mim. – Por mais deliciosa que você fique com a minha camisa, eu acho que está vestida demais – ele diz e eu sorrio. Sento e puxo a camiseta, ficando nua, e ele ofega, correndo o dedo sobre a minha clavícula. Meus mamilos endurecem em excitação com a ideia da pele dele contra a minha. Ele deita sobre mim, seus lábios colando nos meus. Seu beijo é intenso, mas completamente diferente da noite anterior. É um beijo carinhoso, quase reverente, que faz eu me sentir querida.

Eu posso sentir sua ereção, e pressiono meu corpo contra o dele. Um suave grunhido escapa de sua garganta. Com uma das mãos, ele brinca com meu mamilo enquanto a outra toca meu rosto com carinho. Eu gemo, sentindo uma onda de excitação.

Ele corre os dedos pelo meu corpo, e eu já estou me contorcendo antes mesmo que ele chegue ao meu quadril. Ele me aperta nos braços e beija meu pescoço, enquanto murmura, roçando na minha pele sensível a barba que começa a despontar:

– Você fica linda quando está excitada. Seu rosto fica corado – ele passa os dedos nas minhas bochechas. – Seus olhos brilham – seus indicadores passam pelos meus olhos. – Sua pele fica quente – ele arrasta as mãos ao longo do meu corpo, passando pelo meu estômago e parando em minha virilha. – E aqui... – ele sussurra, passando seus dedos ao meu redor – ... está sempre tão molhada para mim – ele desliza o dedo entre as dobras, provocando e me fazendo gemer alto.

Ele se inclina de volta na cama para mim e segura minhas coxas. Passa o nariz na parte interna das minhas pernas, respirando fundo ao chegar ao centro. Então me abre e assopra contra meu corpo. Eu estou mais excitada do que jamais estive. Ninguém havia me tocado dessa forma, provocando um incêndio interno em mim. Ele usa a língua para me tocar, deixando-me hipersensível, sugando-me entre seus lábios. Eu não consigo segurar os gemidos de prazer.

Ele continua a lamber e a chupar, usando um dedo para acariciar-me, empurrando-o dentro de mim ao mesmo tempo, me fazendo gozar, inundando minha mente com prazer. Eu tremo e minha respiração sai entrecortada quando atinjo o auge do prazer que Daniel consegue extrair do meu corpo.

–Você me deixa louco quando goza – ele beija meu corpo até chegar ao meu rosto, passando as mãos em meus cabelos antes de me beijar profundamente nos lábios. Ele se afasta por alguns instantes para pegar uma camisinha na gaveta. Eu sinto vontade de dizer que estou tomando pílula, mas não consigo falar absolutamente nada. Ele coloca o preservativo e se aproxima, me dando mais um beijo apaixonado.

Eu o beijo de volta e envolvo as pernas ao redor de seu quadril, inclinando meu centro contra ele. Daniel brinca em meu corpo e desliza seu pau em mim, lentamente. A sensação do corpo dele deslizando devagar contra o meu é perfeita. Meu corpo arqueia de prazer e eu passo os braços ao redor de seus ombros, puxando-o contra mim. Ele é a única coisa de que eu preciso nesse momento.

Ele desliza dentro e fora de mim lentamente, gentil e amoroso. Corro os dedos entre seus cabelos e movo meu quadril no ritmo dele, com a certeza de que nada pode ser mais perfeito.

Ele acelera e seu comprimento bate num ponto diferente e intenso. Eu o aperto com minhas pernas e ele continua a trabalhar dentro e fora de mim. O segundo orgasmo viaja pelo meu corpo de forma lenta e maravilhosa. O corpo de Daniel vibra contra o meu e eu posso senti-lo empurrando dentro de mim. O orgasmo o atinge e ele cai sobre mim, seu peito subindo e descendo.

Eu sorrio e passo a mão em seus cabelos claros. Ele se aninha em meu pescoço e rola para o meu lado, com os braços ao redor do meu corpo. Eu acaricio seu rosto com os dedos e lhe dou um beijo suave na boca. Tenho a certeza, naquele instante, de que ele é tudo o que eu sempre quis e precisei.

*

Já eram mais de dez da manhã quando acordei, pela segunda vez naquele dia. O sol passava entre as cortinas do quarto dele, e um barulho de louça batendo ao longe me despertou. Quando me convenci a levantar, Danny entrou no quarto com uma bandeja repleta de coisas. Ele sorri para mim, um sorriso de menino, e seus olhos estão brilhantes e incrivelmente verdes.

– Bom dia, dorminhoca. Vamos tomar café? – ele me pergunta, parecendo feliz como eu há muito tempo não o via. Eu sorrio de volta, concordando, e me sento na cama. Ele também senta, acomoda a bandeja perto de nós e me entrega uma xícara de café fresco.

– Oh, Danny. Você sabe como conquistar uma mulher – eu brinco com ele e nós dois rimos.

– É muito fácil conquistar você. Basta ter uma cafeteira – tomamos nosso café em silêncio, trocando sorrisos e carinhos, até que ele fala sobre ontem à noite. – Eu achei que você não cantaria a música.

– Eu achei que você teria mais fé em mim – falo rindo, mas ele ainda está sério.

– Como Alan encarou o término? Vocês terminaram mesmo, certo?

– Sim, nós terminamos. Mas ele é meu amigo, Danny. Eu terminei o namoro para ficar com você, porque eu gosto de você, mas eu e ele vamos continuar conversando e cantando juntos.

Ele faz uma carranca e chega o momento de falar sobre o futuro.

– Danny, não quero parar de cantar no After Dark. Nem quero sair da banda.

– Ju.. – ele começa a falar, mas eu o interrompo.

– Eu estou falando sério. Não vou abrir mão disso. Se você não permitir que eu continue cantando lá, vou cantar em outro lugar com Alan e os meninos.

Ele inspira profundamente e solta o ar com força, parecendo contrariado.

– Tudo bem, mas eu não quero as mãos dele em você, em momento algum. Só eu tenho o direito de te tocar, te beijar ou fazer qualquer coisa que ultrapasse meio metro de distância – esse é um lado dele que eu nunca vi. O homem ciumento. Ele não costuma agir assim com as namoradas habituais e eu acho estranho, principalmente porque, até poucos dias atrás, ele fugia de mim como se eu tivesse uma praga.

– Tudo bem – eu concordo. – Eu vou conversar com ele sobre isso e ele vai respeitar. Mas, Danny, eu preciso fazer uma pergunta. Por que você nunca permitiu esse tipo de aproximação entre a gente antes? Eu realmente achei que, naquele verão da roda-gigante, nós dois fôssemos ficar juntos. Mas, de repente, você se afastou de mim e passou a me tratar como se eu fosse sua irmã... eu achei que você não gostasse de mim assim...

– Ju, eu realmente estava envolvido com você naquele verão. Tudo o que eu queria era te beijar e não soltar mais. Mas, eu não sei se você se lembra do John... – ele fala e eu balanço a cabeça em negativo. – John era um dos meus amigos. Ele tinha os olhos azuis e um sotaque do Texas. – Imediatamente, me lembro de um menino moreno e muito alto, em uma das festas que fomos.

– Lembrei...

– Bem, naquela noite da roda-gigante, ele me viu olhando para você. Eu estava tomando coragem para te convidar para sair. Ele me chamou a atenção, dizendo que eu não deveria te ver assim, porque você era minha irmã. Não era de sangue, mas ainda assim era minha irmã. Que meus pais e os seus pais ficariam decepcionados comigo, pois, em vez de cuidar de você, te proteger de caras que só iriam te querer por uma noite, eu estava querendo agir como um moleque que não consegue manter o pau nas calças. Eu achei que ele estava certo e que aquilo não podia acontecer. Então me afastei. E trabalhei dentro de mim para te tratar como minha irmã. Eu consegui, até pouco tempo atrás.

– E o que te fez mudar?

– Foi um vídeo do primeiro show de vocês. Eu te vi cantando *Fever* e fiquei enlouquecido. Eu não te reconheci, você estava... você *está* muito diferente. Mais segura, mais confiante, mais sedutora. Eu não pude evitar te desejar. E, na noite em que eu voltei, você estava cantando e parecia que era pra mim. Não sei o que você fez, mas eu me senti enfeitiçado.

– Oh, Danny... – eu falei e ri. Para mim, era surpreendente que ele se sentisse dessa forma. Ele parecia quase atordoado. Eu só esperava que ele não fugisse mais ou, pior, voltasse a me tratar como a irmãzinha. – Danny, e daqui para frente? O que vamos fazer?

– Vamos viver um dia após o outro. Vamos nos conhecer melhor, como homem e mulher, aproveitar nosso tempo juntos, nos divertir e, principalmente, fazer amor. Aliás, acho até que nós deveríamos colocar isso em prática agora – ele fala, colocando a bandeja no chão e se inclinando para cima de mim.

– Eu acho que esse é um ótimo plano – eu concordo abraçando-o, enquanto começamos o segundo round da manhã.

Capítulo catorze

As semanas passaram e a nossa rotina mudou completamente. Todo o nosso tempo livre agora é gasto um com o outro. Dormimos juntos todas as noites, na minha casa ou na dele. E, mesmo nos dias em que Daniel sai tarde do bar, ele vem para a minha casa, ainda que eu esteja dormindo, enfia-se em minha cama e dorme abraçado comigo.

Os amigos ficaram felizes com o início do nosso relacionamento. Rafe, inclusive, veio me agradecer, dizendo que Daniel estava muito mais tranquilo, menos mal-humorado e parecendo realmente feliz.

Eu continuei cantando no After Dark com Alan e a The Band. Nós conversamos muito sobre sua postura no palco e ele me prometeu que não provocaria Danny de forma alguma, principalmente porque Alan agora tocava com sua caríssima guitarra nova, que ganhou de George por me ajudar com o plano maluco.

Mesmo que Alan não tivesse mais dado em cima de mim e estivesse sempre com várias *groupies* penduradas nele, Danny tinha verdadeiro horror que ele se aproximasse. Ele não brigava, nem falava nada, mas eu percebia que, na presença de Alan, ele ficava tenso, o cenho franzido e a musculatura travada. Não importava quantas vezes eu dissesse que Alan era apenas um parceiro de música, nada o fazia se sentir mais à vontade.

A nossa família ficou encantada. Mary não parava de sorrir quando nos via juntos e me ligava sempre, para saber como andavam as coisas.

Daniel era atencioso, caloroso e carinhoso comigo, mas nunca falava sobre os seus sentimentos e isso me incomodava. Era notório que estávamos juntos, mas ele nunca me apresentou como sua namorada e nunca disse que me amava. Ele não expressava com palavras aquilo que demonstrava com ações. Vocês podem achar que eu estava sendo boba ou imatura, mas todo mundo gosta de ouvir o quanto é importante para a pessoa amada. E eu amava Daniel. Ainda não tinha dito isso para ele, estava esperando que ele falasse primeiro, mas a cada dia ficava mais difícil segurar as palavras que estavam na ponta da minha língua.

Tinha outra coisa que me deixava meio desanimada. Mesmo sabendo que eu tomava pílula e que fazíamos exames periódicos e estávamos saudáveis, ele nunca abria mão do preservativo. Ele dizia que não queria arriscar uma gravidez indesejada e que deveríamos ser prevenidos. Eu nem sei se tinha o direito, mas eu me sentia como se ele não confiasse em mim. Como se eu fosse dar o golpe da barriga e mantê-lo preso a uma criança pelo resto da vida. Eu e George conversamos inúmeras vezes sobre isso, mas o que eu nunca falei, nem para ele, é que, lá no fundo, eu sentia que o problema de Daniel não era o medo de ter um bebê e sim de se comprometer.

Eu evitava pensar nisso, para não me deprimir, porque tudo que eu queria era ficar com ele para sempre. Mas eu não tinha nenhuma segurança de que o que tínhamos, apesar de ser maravilhoso, teria um futuro, de que teríamos uma casa nossa, uma família e o nosso felizes para sempre.

Eu acho que estou assim, um pouco melancólica, porque hoje faz seis meses que estamos juntos. Sorrio quando me lembro daquela noite perfeita e tenho a expectativa de que ele vá fazer algo especial, já que tem andado meio misterioso esta semana. Eu comprei até uma lingerie especial para comemorar.

O meu celular toca, reproduzindo um trecho de *Come Away With Me*, que ele programou como seu toque no meu telefone. Sorrio com a expectativa de que algo bom está por vir.

– Hey, baby. Está em casa? – ele pergunta animado e ouço um barulho como se uma festa estivesse acontecendo.

– Estou sim. Onde você está? – eu pergunto e não consigo evitar de me sentir um pouco nervosa.

– Eu estou na casa do John, aqui em Santa Monica. Ele me ligou de manhã, me convidando para jogar pôquer com uns amigos. Eu estou ligando apenas para avisar que eu não devo ir para o bar hoje. Você poderia ir com George?

Sinto como se tivesse levado um banho de água fria. Ele nunca deixou de me acompanhar nos dias de show. Na verdade, ele fazia questão de participar desses dias. A adrenalina que nos envolvia após o show era tanta, que às sextas-feiras tínhamos as noites mais selvagens. E ainda tinha ido para casa do amigo que o incentivou a não ficar comigo?

– Você não vem nem mais tarde, Daniel? – eu não consigo evitar demonstrar a minha decepção.

– Hoje não, Ju. Vamos ter a noite dos homens – ele fala, e o sinto cada vez mais distante.

– Vou pedir a George para ir comigo e me trazer de volta – eu falo, tentando não demonstrar que estou a ponto de desabar.

– Ótimo, Ju. Não precisa me esperar quando você chegar. Provavelmente vou voltar muito tarde e devo dormir na minha casa mesmo – meu corpo inteiro treme. Eu fico completamente sem ação, sem saber o que dizer. Em seis meses, nós nunca dormimos separados. Algo está realmente errado e eu entro em pânico só de pensar que meus maiores receios estão se tornando realidade. – Eu tenho que ir, os caras estão me esperando. Beijos.

Eu nem consigo retribuir sua despedida porque ele desliga o telefone antes que eu tenha chance de falar qualquer coisa. Coloco o celular em cima da mesa e vou para o meu quarto. Tudo o que consigo pensar, nesse momento, é em me enrolar como uma bola e chorar até dormir.

*

Uma mão fria na minha testa me acorda e eu percebo que o quarto está completamente escuro. George me tranquiliza quando percebe que me assustou.

– Garotinha, sou eu. Usei a chave que você deixou comigo. Você não apareceu para o show, ficamos preocupados. Você está queimando em febre. O que aconteceu? Por que não me ligou? Onde está Danny? Ligamos para ele várias vezes e ele não atendeu.

Quando ele toca no nome do Daniel, eu desmorono novamente. George me abraça e pergunta o que está acontecendo e eu acabo contando, entre lágrimas, toda a minha angústia, os meus sentimentos sobre a comemoração que não aconteceu e a estranha ligação na festinha do amigo.

– Eu deitei aqui e dormi. Não consegui acordar, George. Minha garganta dói e minha cabeça também – eu falo e ele começa a tirar o edredom de cima de mim. – O que você está fazendo?

– Levando você ao hospital. Está um calor terrível, e você coberta com edredom. Está queimando em febre.

– Eu não quero ir... – protesto, mas ele nem me dá importância. George abre meu guardarroupa, tira uma calça e uma blusa confortáveis e me veste, como seu eu fosse uma criança.

Penteia meu cabelo, pega minha bolsa, e me leva no colo até o carro.

– George, eu não quero ir! – eu protesto mais uma vez, me sentindo fraca.

– Você vai. Essa febre não é normal. Não discuta comigo – ele fala duro, e eu acabo concordando em ir.

Chegando ao hospital, George preenche a ficha com meus dados e uma enfermeira me leva até a sala de atendimento. Mede minha temperatura e a pressão e pergunta meus sintomas, anotando em um prontuário.

– Juliette, por favor, aguarde um pouco, o médico já vem te atender – ela fala com carinho e sai da sala.

Fico olhando para as paredes, pensando na decepção que sinto. Meu lado racional diz que eu deveria estar aborrecida comigo mesma, que depositei meus sonhos em uma pessoa que não me fez nenhuma promessa.

Uma batida na porta me afasta dos meus pensamentos.

– Srta. Walsh, com licença. Eu sou o dr. Nate, vim te examinar. Quer me contar o que aconteceu?

O médico que entra na sala é o mais lindo que eu já vi. Tudo bem, eu amo Daniel, mas não sou cega, né? O cara é um gato!

Eu conto para ele meus sintomas e ele me examina, dizendo que a minha temperatura está realmente muito elevada e que eu estou desidratada. Estou com uma gripe forte, segundo ele.

– Você veio sozinha? – ele me pergunta de repente.

– Não, eu vim com um amigo. Ele está na recepção – eu respondo e ele parece um pouco decepcionado. Será que ele queria que eu tivesse vindo sem ninguém? Que estranho.

– Ok, eu vou avisá-lo que você vai precisar ficar tomando soro e um pouco em observação para termos certeza de que a febre vai baixar. Assim que você estiver no soro, a enfermeira vai autorizar a entrada do seu acompanhante – ele me explica e pede licença, saindo da sala.

Alguns minutos depois que estou no soro e recebendo a medicação para febre, o quarto no mais profundo silêncio, uma batida na porta me assusta. George entra, sem esperar que eu responda.

– Garotinha, o que era aquele médico que te atendeu? Eu lembrei do dr. Ross no seriado *Plantão médico*! – ele fala, me fazendo rir.

– Lindo mesmo – eu respondo, mas não me sinto muito empolgada para continuar conversando.

– Os meninos estão lá fora. Alan mandou um beijo.

– Meninos? Que meninos?

– Rafe e Zach. Jo está chegando com Mary.

– George, por que você incomodou todo mundo? É só uma gripe!

– Julie, não briga comigo. Eu liguei para Zach, ele e Rafe estavam esperando notícias suas. Todos estavam preocupados com seu sumiço. Jo está a caminho. A única pessoa com quem eu não consigo falar é aquele filho da puta do seu namorado. Mas ele vai se ver comigo!

– George, não...

– É só uma gripe forte, ok! Mas você está desidratada. O médico me disse que sua febre estava tão alta que você poderia ter convulsões se eu não tivesse trazido você logo. Daniel não teve a preocupação de ligar para saber se você chegou bem ao bar, se retornou com segurança do show. Isso para não falar do papelão do aniversário de vocês. E o celular dele deve ter umas cem chamadas perdidas e ele não retornou nenhuma. A gente não sabe nem onde ele está, muito menos o que está fazendo.

– Você acha que ele seria capaz de... – eu começo a falar, mas não tenho coragem de completar meu raciocínio.

– Amiga, eu acho que não. Ele é meio burro e esquentadinho, mas não é mau caráter. Não acho que ele teria coragem de te trair. Agora se concentre em melhorar, que eu vou ter uma conversinha com ele, quando ele aparecer.

Toda essa conversa com George me deixou com mais dor de cabeça ainda. Fecho os olhos e tento não pensar mais nas coisas que me preocupam. O meu corpo está tão cansado que eu durmo instantaneamente.

Capítulo quinze

Daniel

São duas horas da manhã e, apesar de eu ter me programado para dormir em Santa Monica, na casa de John, resolvo chamar um táxi e ir para casa. Eu bebi demais, não tenho nenhuma condição de ir de moto. Não bebo assim há mais de seis meses, desde o dia que eu briguei com Alan por causa de Julie. Mais uma vez essa mulher me faz beber como um louco. Ok, eu sei que a culpa não é exatamente dela. Ela não colocou uma arma na minha cabeça e me mandou tomar todas aquelas doses de Jack Daniels.

Mas ela é o motivo para eu ter bebido assim. Estamos juntos há um bom tempo, mais tempo do que já estive com qualquer outra mulher. Mas, de umas semanas para cá, eu me sinto cobrado por todos os lados.

Meus pais me olham o tempo todo como se a qualquer momento eu fosse me ajoelhar na cozinha e pedi-la em casamento. Meus sócios falam nela como se ela fosse a minha esposa. Quando fazemos qualquer plano, inclusive as viagens a negócios, eles me perguntam como Julie vai reagir ou o que Julie vai achar.

Eu nunca achei que nosso relacionamento ficaria tão sério, tão rapidamente. E essa porra me assusta. Eu gosto dela, mas ela me apavora. Ela é linda, sexy, carinhosa. É uma mulher divertida, inteligente e, quando canta, me tira do rumo. Nossas noites de sexta-feira são quentes demais. Após o show, ela desce pilhada do palco, com toda aquela adrenalina acumulada, e eu a recebo enlouquecido com meu pau duro, morrendo para entrar nela.

Sexta passada, ela estava com um vestido vermelho curto, salto alto e os cabelos presos em um rabo de cavalo elaborado. Quando o show acabou, levei-a para minha sala e tranquei a porta.

Nos beijamos enlouquecidamente, como se aquela fosse a última noite das nossas vidas. Derrubei no chão tudo que estava em cima da minha mesa e transei com Julie ali, do jeito que eu tinha fantasiado no passado.

Ela era uma mulher maravilhosa e uma parceira incrível na cama, mas eu estava começando a perceber que ela queria mais. As pessoas nos cobravam por mais. E eu não sabia se queria isso para mim.

Depois de meses sem falar comigo, John ligou me convidando para uma festa na piscina. Eu nem pensei duas vezes, fui para lá pensando em aproveitar para bater um papo com ele, distrair a minha cabeça e me afastar um pouco daquela mulher que tomava conta dos meus dias.

A festa estava animada, tinha muitas mulheres lindas, mas eu devo confessar que eu só pensava na minha garota. Fiquei com a consciência um pouco pesada e acabei ligando para ela.

Ela me atendeu com aquela sua voz sensual e imediatamente me senti ligado. Quando eu disse onde estava, pude perceber a crítica e a cobrança em seu tom, por eu ter saído sem lhe dar satisfação. Naquele momento, todos os meus receios voltaram com força total e tudo o que eu queria era correr para longe dela.

Eu percebi que ela parecia magoada, mas tudo o que eu conseguia pensar era que eu estava me sentindo preso.

Veio à minha mente uma conversa que tivemos algumas vezes sobre transar sem camisinha, algo de que eu fazia questão absoluta. Nunca transei sem proteção, e, por mais que eu confiasse em Julie, eu não queria correr o risco de engravidá-la e de ficar eternamente preso a ela. Ao mesmo tempo, a ideia de não tê-la ao meu lado me deixava sem ar. Eu estava virando uma mulherzinha. Fui até o bar buscar meu amigo Jack Daniels; ele, sim, era o melhor amigo de um homem na minha situação.

John conversou comigo durante algumas horas e me aconselhou a dar um tempo e me afastar dela, para que eu pudesse pensar melhor sobre o que eu queria. Isso fez todo o sentido para mim. Como eu poderia ter certeza do que eu queria, se ela estava comigo o tempo todo? Eu precisava de espaço para pensar.

A noite passou e eu não tenho ideia do quanto bebi. E agora, em plena madrugada, eu estou bêbado, dentro de um táxi, pensando em Julie. Apesar de toda a minha confusão emocional, eu sinto falta dela. Vou ligar para ela, para avisar que estou indo para casa. Ela deve estar chegando do show. Sou um idiota por tê-la deixado ir ao After Dark sozinha. Aquele bando de urubus que só vai lá às sextas-feiras para vê-la cantar só não chega nela porque sabem que ela está acompanhada. Ainda bem que George a levou. Eu confio que ele vai protegê-la e não vai deixar que nada aconteça.

Pego o celular no meu bolso para telefonar e levo um susto: tenho 133 ligações perdidas, 35 mensagens de voz e 61 mensagens de texto. Caralho! O que será que aconteceu? Minha mão começa a tremer quando eu vejo que a maioria das ligações são do George. Nenhuma ligação da Julie. Se alguma merda aconteceu com ela...

Eu não espero para ler as mensagens, ligo direto para o telefone do George, que me atende com ironia.

– A margarida deu o ar da graça?

– George, o que houve? – eu pergunto nervoso, ignorando a piadinha dele. – Cadê a Julie?

– Se você realmente quisesse saber, teria atendido o telefone horas atrás, quando ela não apareceu para o show.

– O quê? Ela não apareceu? Onde ela está? – meu Deus, o que aconteceu? Ela é muito rigorosa com o compromisso de cantar.

– Ela está comigo. Estamos no hospital.

– No hospital? Que hospital? Por quê? Merda, George. Quer me dizer o que aconteceu? Eu estou bêbado demais pra brincar de adivinhação.

– Estamos no Cedars-Sinai, em West Hollywood. Ela está internada com desidratação e febre muito alta. Por sorte eu apareci na casa dela, para tentar descobrir o que tinha acontecido. O médico disse que, se demorasse um pouco mais, ela poderia ter convulsões.

– Estou indo aí – eu mal conseguia raciocinar. A minha garota podia ter sofrido algo muito mais grave e a culpa era toda minha.

– Não. Você vai pra casa, tomar um banho e tirar o cheiro de bebida, se não o estrago vai ser maior. Eu só espero que você não tenha feito nenhuma besteira, Daniel. Você sair para uma bebedeira com um amigo filho da puta, que te incentivou a se afastar dela, justo no dia em que vocês completam seis meses juntos já é fodido o suficiente, mas dá para resolver. Agora, uma traição... isso não tem perdão. Ela não merece passar por isso.

Meu corpo inteiro treme. Puta merda! Eu não acredito que eu esqueci o aniversário. Ela vinha falando dessa noite há algum tempo, perguntando se faríamos algo diferente, e eu simplesmente esqueci.

– George, eu não a traí. Eu juro. Eu só precisava de um pouco de espaço para pensar. Eu bebi demais, mas foi só... eu... eu... – eu não consigo nem estruturar meu raciocínio. Estou decepcionado demais comigo mesmo.

– Ok, Daniel. Vá pra casa, tome um banho, um café quente e depois venha pra cá. Ela provavelmente vai passar a noite, porque a febre não cedeu.

Eu concordo e me despeço, prometendo chegar lá o mais rápido possível. Péssimo momento para ter uma crise existencial. Sou um verdadeiro imbecil. Só espero que ela fique bem e me perdoe.

Ainda tenho medo de me envolver, mas o medo de perdê-la é maior.

*

Depois de um banho rápido e duas xícaras de café forte, me sinto mais preparado para ir ao hospital. Chamo um táxi pelo telefone e, enquanto espero, fico pensando nela. Não posso acreditar que, em menos de 24 horas, a minha vida virou de pernas para o ar.

Em menos de dez minutos, eu chego ao hospital. Essa é a grande vantagem de morar no centro, é perto de tudo. Pago o taxista e entro correndo na sala de emergência. Vejo meus amigos na sala de espera: Rafe está sentado lendo o *Financial Times*, minha irmã está dormindo apoiada no ombro de Zach e George está andando de um lado para o outro.

– Cadê? Eu quero ver a Julie – eu já chego falando e os três homens na sala me olham assustados.

– Sua mãe está lá dentro. Só pode entrar um por vez – George me fala e me olha com um olhar desgostoso.

– Rafe, você pode levar minha mãe pra casa? Eu vou avisá-la que fico com a Julie.

– Claro, Dan, sem problemas.

– George, onde ela está? – eu pergunto mais uma vez, sério. Não estou disposto a receber negativas.

– Quarto 306. E... Danny? – ele me chama quando estou me preparando para sair. – Duas coisas. A primeira é que ela precisa de repouso. A febre está muito alta e o médico não sabe o motivo. E a segunda coisa: eu acho bom você colocar sua cabeça pra funcionar e fazer um ótimo trabalho se realmente quiser ficar com ela. Ela está muito decepcionada com você.

Eu balanço a cabeça em concordância e saio para procurar o quarto.

Abro a porta devagar e sinto uma dor no peito. Ela parece ainda menor naquela cama de hospital. Seu rosto está pálido e abatido. Minha mãe está sentada em uma cadeira desconfortável, cantando baixinho, como ela sempre fazia na nossa infância quando um de nós ficava doente.

– Mãe?

Ela se surpreende ao me ver.

– Danny, meu filho, onde você estava? – eu a beijo e a levo para fora do quarto.

– Eu estava em Santa Monica, numa reunião com amigos. Bebi demais, não ouvi o telefone tocar. O que o médico disse?

– Primeiro ele suspeitou de uma gripe forte, mas a febre não baixa. Ele perguntou se ela teve algum estresse. Ele acha que pode ser emocional. Vocês brigaram, meu filho?

– Não, mãe. Não brigamos. Eu é que estou um pouco... confuso. Mas a gente vai se acertar.

Abraço minha mãe e a levo até a sala de espera. Rafe se prepara para levá-la e Zach me avisa que vai junto dando uma carona para Jo.

– Ela não queria ir, mas está cansada e eu consegui convencê-la. Amanhã de manhã estaremos de volta.

– Obrigado, cara – ele aperta a minha mão e leva minha irmã embora.

– George, se você quiser... – eu começo a falar, mas ele me interrompe.

– Vou ficar. Já avisei ao Ben.

– Ok. Eu vou ficar lá em cima. Qualquer novidade, eu aviso.

Volto para o quarto e, imediatamente, meu corpo inteiro fica tenso. Ela está acordada e um médico jovem está parado ao lado da cama, conversando com ela. Ele a está examinando e a voz dele parece melosa demais para estar tratando de uma paciente.

– A febre está começando a ceder – ele fala, segurando a mão dela. – Mas eu vou mantê-la aqui a noite toda, para ficarmos acompanhando, ok? Seus exames estão normais, mas essa febre me preocupa um pouco. Como você está se sentindo? – ele pergunta, passando a mão nos dedos dela. Vou matar esse imbecil.

– Estou com dor de cabeça. E muito cansada – ela fala baixinho.

– Descanse o máximo que puder. Sua mãe foi embora? – ele pergunta a ela, e eu acho que é a hora perfeita para eu me anunciar.

– Não era a mãe dela, era a sogra. Eu vou ficar com ela daqui pra frente – ela arregala os olhos, sem falar nada, e eu me aproximo da cama. – Hey, baby. Como você está?

O dr. Bundão olha de mim para ela e se apresenta, estendendo a mão.

– Nate Campbell.

– Daniel Stewart.

Eu aperto sua mão com a cara ainda fechada. Julie não fala nada, só olha para nós dois.

– Prazer – ele fala secamente, e se volta para ela. – Julie, mais tarde eu volto para ver como você está, ok? Descanse – com ela era todo amorzinho, comigo o filho da puta fala seco, né? Palhaço.

O dr. Bundão sai do quarto e ficamos a sós.

– Baby… – eu começo, mas ela me interrompe.

– Não me chame assim. Quero que você vá embora e mande o George vir pra cá – ela fala, sem me olhar, virando o rosto para o outro lado.

– Julie por favor…

Agora ela me encara e o que eu vejo em seu olhar me deixa apreensivo. É um misto de mágoa com tristeza e um pouco de raiva. Se fosse só raiva, seria mais fácil de reverter, mas aquela mágoa… Merda!

– Daniel, estou doente e me sentindo mal. Não quero você aqui. Você fez suas escolhas e agora eu estou fazendo as minhas. Quero você fora. Quero silêncio para minha cabeça parar de doer. Queria que você fosse menos egoísta no nosso relacionamento, mas acho que isso é pedir demais. Então, é melhor que você me deixe sozinha antes que eu faça algo de que me arrependa depois – sua voz era fria. Nunca, em todos esses anos que eu a conheço, a ouvi falar assim, com ninguém.

– Deixa eu explicar, Ju… – eu tento mais um pouco, mas ela é implacável.

– Daniel, fora. Não quero ouvir. Quero dormir – ela vira o rosto para o outro lado e fecha os olhos, me descartando totalmente. Nunca imaginei que algo pudesse doer tanto. O desprezo na voz dela e a mágoa que causei fazem eu me retorcer em culpa.

Saio do quarto e fecho a porta. Vou até a recepção, me sentindo perdido e vazio. George pula da cadeira quando me vê.

– Daniel, ela está bem?

– Está. O médico disse que a febre está baixando, mas que ela precisa ficar de repouso. Ela me expulsou do quarto, George. Ela não me quer lá, pediu para você entrar. O que eu vou fazer? – sinto um nó na garganta.

– Ela não está errada, você sabe disso, não sabe? Você agiu como se ela não tivesse nenhuma importância para você. Como se ela fosse mais uma na sua longa fila. Ela merece mais, você sabe disso.

– Eu sei, eu não quero perder a Ju.

– Então, acho bom você colocar a cabeça para funcionar e preparar algo realmente especial para demonstrar o seu arrependimento. Algo que seja romântico e que demonstre que você está rastejando.

– Rastejando?! – eu pergunto surpreso. Nunca rastejei por mulher alguma.

– Sim, rastejando. Ela precisa ter a certeza de que você aprendeu. E vai precisar ser convencida de que vale a pena te dar outra chance.

– Você vai me ajudar?

– Droga, Danny. Não faça essa cara de menino perdido. Vou ver o que posso fazer, mas não prometo nada. Minha prioridade é ela, não você. Vou lá para dentro. Você vai para casa?

– Não, vou ficar aqui esperando.

Ele se despede e vai para o quarto. Olho no relógio, e são quase quatro da manhã. Sento na cadeira da sala de espera e começo a fazer algumas buscas na internet. Eu preciso de um plano grandioso. Mas, mais do que isso, eu preciso manter minha cabeça no lugar e não surtar de novo com o peso daquele relacionamento.

*

O dia amanhece e George vem me chamar para avisar que a febre cedeu e, finalmente, Julie vai ter alta.

Sigo-o até o quarto, esperando que o humor dela esteja melhor, mas o meu é que azeda com a visão que tenho quando chego lá.

Ela está sentada na cama, com as pernas para o lado de fora, e o dr. Bundão está basicamente colado nela. Ele fala alguma coisa em um tom de voz muito baixo, que eu não consigo ouvir. Ela sorri e abaixa a cabeça e o dr. Bundão prende uma mecha de cabelo atrás da orelha dela. O filho da puta está dando em cima dela! Eu me preparo para invadir o quarto, mas George me segura.

– Calma, sem estresse – ele fala.

– Como você quer que eu me acalme com esse dr. Bundão dando em cima da minha namorada?

– Dr. Bundão? – George olha de cima abaixo para o médico. – Para mim, é dr. Gostoso!

– Merda, George!

– Desculpa, estou apenas constatando um fato.

Nossa conversa na porta chama a atenção de Julie, que olha em nossa direção e cora. Eu entro no quarto e vou direto para ela.

– Baby, como você está? Vamos para casa? – eu pergunto sorrindo, usando todo o meu autocontrole para não voar em cima do imbecil.

– Estou melhor. O dr. Nate vai me dar alta agora – ela diz, sem me olhar nos olhos. Droga. Ela ainda está brava.

– Aqui está o meu cartão, Julie. No verso, tem meus telefones, inclusive o celular. Caso você precise de qualquer coisa, por favor, me ligue.

O filho da puta está cantando a minha namorada na minha frente!

– Obrigada, dr. Nate – ela diz e, antes que tenha a chance de pegar o cartão da mão dele, eu pego e enfio no bolso.

– Obrigado, doutor. Pode ter certeza de que não vamos te incomodar mais do que o necessário. Julie, amor, vamos para casa? – caralho. Eu falei "amor"? Sério mesmo? Ela me olha desconcertada, parecendo tão surpresa quanto eu.

– Vamos, vou me trocar – o médico a ajuda a descer da cama. Eu tenho que me segurar para não partir para cima dele. Não sei o que está acontecendo comigo, eu nunca fui violento. Essa mulher me tira do eixo.

Julie sai do quarto para o banheiro anexo e ficamos nós três sozinhos: eu, George e o dr. Bundão. Nós dois olhamos um para o outro, como dois tigres enjaulados, medindo forças, até que George tenta apartar a situação.

– Doutor, o senhor vai receitar algo? Alguma orientação a mais?

– A receita dela está aqui – ele estende um papel para George. – Ela só precisa de descanso e pouco estresse – ele acrescenta, olhando para mim. Imbecil.

– Ok, vamos cuidar disso – George fala e aperta a mão do médico, levando-o para fora do quarto. Respiro fundo, tentando conter meu aborrecimento, e ela sai do banheiro, já vestida.

– Ju, vamos, vou te levar para casa – eu falo, segurando-a.

Ela me encara.

– Daniel, não é porque você está me levando para casa que eu te perdoei. Eu, na verdade, acho... – eu a interrompo antes que ela consiga concluir o raciocínio, com medo do que ela vai dizer.

– Baby, vamos conversar em casa? Prometo que vamos resolver tudo – eu tremo só de pensar na possibilidade de ela sugerir que a gente termine.

– Tudo bem – ela concorda e eu a levo para fora. George está na recepção, ligando para nossos amigos, para avisar que vamos para casa.

Vamos de carro com George. Chegando ao condomínio, quero levar Julie para minha casa, mas ela não quer de jeito nenhum.

– Baby, fica lá em casa. Eu posso cuidar melhor de você. Além disso, tem o quintal, você pode usar seu balanço. Por favor? – tento fazer a minha melhor cara de coitado para convencê-la. Ela olha para George, que balança a cabeça afirmativamente.

– Está bem. Mas você não vai dormir comigo.

– Mas, bab… – ela me corta, implacável:

– Sem "baby". Sem dormir juntos.

Ela vira de costas e vai para minha casa, pisando firme.

– Danny Boy? – George me chama, com aquele apelido ridículo que ele inventou.

– Oi?

– Sabe que você vai ter que rebolar, né? Lembre-se do que eu falei: faça um gesto grandioso e rasteje.

Dou um suspiro e entro em casa com o rabo entre as pernas. Essa coisa de relacionamento é muito complicada.

Capítulo dezesseis

Doze dias. Esse foi o tempo que eu levei para conseguir reconstruir meu namoro com Julie. Passei doze dias dormindo no sofá, porque ela não me deixava dormir com ela. Doze longos dias vendo aquele corpo na minha cama e tendo que tomar banho gelado para segurar a onda. Ela se recuperou da gripe antes desse prazo, mas eu bati o pé e não a deixei voltar para casa. Era a minha chance de fazer as coisas darem certo com ela e eu precisava aproveitar.

Fizemos um acordo: ela passaria quinze dias lá em casa e então voltaria para a sua. Nos doze primeiros dias, eu fui um romântico perfeito. Café na cama todos os dias. Flores. Massagem nos pés. O que ela precisava, nem precisava pedir, estava na mão. Acho que nunca fui tão atencioso durante toda a minha vida. Nos primeiros dias, ela mal falava comigo. Aos poucos, começamos a trocar poucas palavras, até que voltamos a conversar durante o jantar.

Voltei à minha rotina de levá-la ao After Dark para cantar às sextas-feiras. Ela continuava cantando e me deixando maluco. Depois do show, voltávamos de moto para casa. E eu ia direto tomar um banho frio.

Até que eu tive *A* ideia. A ideia perfeita que a faria me perdoar e me permitir chegar perto novamente.

Tive de contar o plano a George, para que ele me ajudasse, tirando-a de casa para eu preparar o ambiente. Jo veio me ajudar com a decoração.

– Danny, eu espero que você não faça besteira de novo. Eu estou muito chateada com você – ela fala, fazendo cara feia para mim.

– Eu prometo, Jo. Estou me esforçando para não ser um idiota.

Decoramos o quintal com flores do campo, desde aquele balanço, que ela amava, até as mesas. Fazemos um caminho de velas perfumadas, que dá um aspecto mais íntimo e romântico ao meu quintal.

Encomendo o jantar no Providence, um restaurante com estrelas Michelin* que ficava em nossa rua, ao qual fomos uma vez, no aniversário de Julie, e que ela adorou.

Depois de tudo pronto, me despeço da minha irmã, tomo um banho, visto calça jeans e uma camiseta branca, coloco em cima do prato o envelope com o presente de Julie e fico esperando minha garota chegar.

Ela chega sorridente do shopping e a recebo com uma taça de vinho branco.

– Obrigada. Que jeito bom de chegar em casa! – ela sorri para mim. Um sorriso verdadeiro, daqueles que eu não vejo há muito tempo.

– Tira o sapato, vou fazer uma massagem nos seus pés. Você deve estar cansada.

– Não, Danny, não precisa – ela diz, e eu consigo ver a dúvida em seus olhos. Pego sua mão e faço com que ela se sente no sofá. Sento na outra ponta, tiro seu sapato de salto e começo a massagear. Quando a sinto bem relaxada, eu pego o outro pé e dou o mesmo tratamento. Minha garota está novamente em minhas mãos e eu preciso me segurar para não beijá-la.

---

* Estrelas Michelin é uma pontuação dada a estabelecimentos gastronômicos emitido pelo Guia Michelin. (N.E.)

– Vamos jantar, baby?

Ela concorda, esticando-se ao meu lado como uma gata. Minha vontade é me deitar ao seu lado e beijá-la, mas eu me seguro, tentando ser um perfeito cavalheiro.

Levo-a até o quintal, e eu pagaria todo dinheiro que tenho no banco só para ver de novo seu olhar de absoluta surpresa e felicidade. Eu me sinto balançado, nunca me senti assim por ninguém, mas ao mesmo tempo que estou feliz ao lado dela, sinto um medo enorme.

– Danny, isso é incrível – ela fala para mim, com um sorriso gigante no rosto, e vai direto para o balanço enfeitado. Vou atrás dela e sentamos lado a lado, balançando-nos e olhando para o céu.

– Gostou, baby?

– Sim, é lindo. Nunca ninguém teve tanto trabalho por causa de um jantar para mim – ela parece sem jeito.

– Não é apenas um jantar, Ju.

– Não? – ela está completamente surpresa. Este é o momento perfeito. Vou até a mesa, pego o envelope, volto a sentar ao lado dela no balanço e falo:

– Julie, há seis meses estamos juntos e você faz parte da minha vida. Nesses dias que ficamos afastados, eu tenho estado miserável. Eu quero você de volta, baby. Eu nunca fiz o pedido da forma correta para você, e acho que está na hora. Quer namorar comigo? – ela arregala os olhos, completamente sem palavras. Aqueles olhos castanhos de que eu tanto gosto ficam marejados. – Eu comprei duas passagens para Paris, com data em aberto. Sei que você não vai querer se afastar do After Dark nesse momento, e nós estamos no meio da expansão para São Francisco, mas poderíamos ir nas férias, o que acha? Passar o Natal e o Réveillon...

As lágrimas, que até então estavam contidas, começam a cair. Isso me preocupa. Não sei se são de alegria ou de tristeza. É tão difícil entender as mulheres.

– O que foi, baby? Não gostou?

– Oh, Danny... eu adorei. Eu aceito namorar com você, aceito ir a Paris. Mas você tem que me prometer que não vai mais me afastar daquele jeito. Você precisa conversar comigo e me falar dos seus receios. Para tentarmos resolver.

– Tudo bem, baby. Vou tentar falar mais as coisas. Mas eu preciso estar perto de você – eu falo e a puxo para o meu colo, colando minha boca à dela. Apesar do desejo que me atormenta, essa noite eu quero fazer amor sem nenhuma pressa.

O jantar fica esquecido e eu a pego no colo, levando-a para a minha cama, que é onde nós dois deveríamos sempre estar.

Coloco Julie na cama e tiro a minha camiseta, sem desgrudar meu olhar do dela. Aproximo-me segurando seu corpo e beijo seu rosto, seguindo pela linha fina do queixo, passando a língua na pele sensível do seu pescoço. Corro os dedos pelos seus cabelos loiros, puxando levemente enquanto sussurro:

– Senti tanto a sua falta.

Um gemido baixo lhe escapa quando eu arrasto os meus dentes no lóbulo de sua orelha. Ela passa a mão pelo meu peito nu, arranhando minha pele, arrancando um gemido meu.

– Se você continuar assim, baby, eu não vou durar muito.

– Eu não me importo – ela diz sorrindo. Eu a afasto para tirar seu vestido e o que eu vejo por baixo dele eleva minha excitação a um nível muito além do que eu acho que conseguiria aguentar. Ela está usando uma espécie de corpete de renda branca, com uma calcinha mínima combinando, parecendo tão sexy e, ao mesmo tempo, tão angelical.

– Oh, Ju, você me mata. Você é tão linda. Eu senti tanto a sua falta – falo deslizando a alça do corpete pelos braços e revelando seus seios. Ela geme e arqueia o corpo quando tomo um mamilo na boca e o chupo suavemente.

Meu pau está duro, louco para fazer o seu caminho dentro dela. Eu nunca me senti tão ligado a alguém. Essa mulher é a minha fantasia virando realidade. Tudo o que consigo desejar é que este momento dure para sempre.

Julie

Eu arqueio o corpo quando Daniel toma meu mamilo na boca e o chupa suavemente. Empurro os dedos em seus cabelos, puxando-o para mais perto, precisando sentir o contato do meu corpo no dele.

Todo esse tempo longe só me fez acumular um desejo ainda maior dentro do meu corpo. Eu ansiava por ele e, só de pensar na possibilidade de perdê-lo, meu corpo inteiro doía.

– Eu te quero tanto, Julie – ele sussurra, movendo a boca para o meu outro mamilo e pressionando a mão por cima da calcinha contra o meu centro dolorido.

– Oh, Danny... rápido... por favor... – eu o envolvo em um beijo mais forte, nossas línguas se movendo apaixonadamente, até que ele diminui o ritmo do beijo.

– Nós vamos transar como loucos mais tarde. Mas agora eu quero fazer amor, com calma, com você – ele sussurra, abrindo o botão de sua calça e deslizando-a pelas pernas fortes. Em seguida, toca novamente em mim, estou toda molhada, me fazendo gemer alto, e rasga as tiras da minha calcinha, transformando minha renda cara em um pedaço inútil de pano.

– Daniel! – eu protesto, com um sorriso no rosto. Eu amo quando ele é selvagem.

– Desculpe, baby. Estava atrapalhando o meu caminho – ele fala sorrindo, então joga os restos da minha calcinha no chão e se acomoda entre as minhas pernas.

– Daniel... – eu chamo seu nome contorcendo-me em suas mãos firmes, segurando as pernas no lugar.

– Baby, fique quieta – ele diz antes de me lamber. Meu corpo inteiro treme em antecipação, e enfio meus dedos em seu cabelo, puxando-o para perto de mim. Ele enfia um dedo dentro, enquanto circula meu clitóris com a língua.

Meu corpo inteiro treme em antecipação, e enfio meus dedos em seu cabelo, puxando-o para perto de mim. Ele enfia um dedo dentro, enquanto circula meu clitóris com a língua.

– Daniel, por favor... – engulo em seco, empurrando meu corpo contra ele.

– Oh, Julie, você está tão molhada. Eu vou fazer você gozar tantas vezes que quando terminar você não vai nem lembrar o seu nome – ele diz antes de me sugar entre os lábios, levando-me ao clímax, e eu desmorono gemendo seu nome.

Eu o vejo puxar a cueca branca para baixo, posicionando-se para entrar em mim devagar. Ele balança dentro e fora, sem entrar completamente. Eu gemo, jogando a cabeça para trás. Só consigo pensar que nunca imaginei que pudesse ter um momento tão perfeito.

Algo me chama a atenção e fico alarmada.

– Danny, você esqueceu... nós não... você não usou preservativo... – eu falo, com medo da reação dele.

– Tudo bem, baby, eu sei. Está tudo bem – ele me abraça e beija minha testa, aconchegando meu corpo ao seu. – Olha para mim – ele pede, e eu o faço. Aqueles olhos absurdamente verdes brilham para mim e eu jamais conseguiria negar qualquer coisa. Ele empurra mais profundamente em mim, e puxa de volta devagar, acariciando cada nervo no caminho. A cada investida, meu corpo treme e meus dentes mordem os lábios, enquanto eu tento manter o contato visual. Um sorriso de lado aparece em seu rosto.

Ele acelera, e bate em um ponto profundo, levando-me ao êxtase, me fazendo contorcer. Meu corpo se aperta em torno dele, e eu ouço o seu gemido erótico quando ele também atinge o prazer. Fecho os olhos e apoio a cabeça no travesseiro.

Sinto como se, naquele momento, tivéssemos derrubado uma grande barreira entre nós. Ele demonstrou que está realmente empenhado em fazer nossa relação dar certo.

Ele me beija e então se levanta.

– Ei, aonde você vai? – eu pergunto, preocupada. Será que ele vai surtar agora?

–Vou esquentar nosso jantar e trazer para cá. Você me deixou morto de fome – ele me beija rindo e sai do quarto parecendo feliz.

Nós jantamos na cama, uma comida maravilhosa, e passamos o resto da noite conversando e fazendo amor.

Capítulo dezessete

Perdidamente apaixonada. Era como eu estava me sentindo. Daniel era uma mistura perfeita de namorado romântico e amante quente. Nossa reconciliação foi ainda melhor que o início do nosso namoro. Ele parecia mais maduro e mais comprometido.

Eu era apresentada a todos como sua namorada e ele não tinha nenhum constrangimento em demonstrar carinho na frente das pessoas. Fazíamos planos juntos, a longo prazo, inclusive para nossa viagem no final do ano.

Eu não conseguia acreditar que ele foi capaz de preparar uma surpresa daquelas, na noite em que fizemos as pazes. E ele me surpreendeu ainda mais quando organizou várias surpresas, durante os meses que se passaram.

Ao contrário do que acontece com muitos casais, quanto mais ficamos juntos, mais intenso fica o nosso amor.

Engraçado tocar nessa palavra. Era a única coisa entre nós que não era dita. Claro que nosso relacionamento não era perfeito. Nós brigávamos (e muito!), mas quando fazíamos as pazes tínhamos o triplo do prazer. Como se jogássemos toda a adrenalina da briga na busca pelo prazer a dois. Mas amor era, basicamente, um tabu. Ele não falava a palavra com "A", e eu acabava não dizendo também. Ele me chamou de "amor" apenas uma vez, quando eu estava no hospital. Mas, depois disso, era "Julie", "Ju" ou "baby".

Apesar disso, eu não podia reclamar. Ele me fazia feliz, e acho que eu também o fazia. Isso era mais importante do que uma palavra.

Até que algo aconteceu.

Chegamos ao mês de novembro. Nossa viagem já estava marcada, hotel reservado, tudo certo. Contamos os dias para a nossa merecida fuga romântica.

As noites de sexta continuam bombando no After Dark. Volta e meia recebemos críticos de jornais e revistas especializadas. Juliette & The Band já é relativamente conhecida em Los Angeles e nos arredores. Chegamos, inclusive, a tocar em alguns festivais de Los Angeles e de São Francisco.

É uma manhã de sábado e Daniel foi à casa de seus pais ajudar Paul a arrumar alguma coisa no jardim. Meu homem é bom com as mãos, eu rio com o pensamento. Eu passei as primeiras horas da manhã na cama, preguiçosa, mas quando vejo que já são onze horas, resolvo levantar. Estou a caminho do chuveiro quando o meu telefone toca. É um número desconhecido, de um código que parece ser de Nova York. Que estranho, não conheço ninguém lá.

– Alô?

– Srta. Walsh? – perguntou uma voz masculina, com sotaque nova-iorquino.

– Sim, é ela.

– Meu nome é Robert Thompson, sou o gerente executivo do The Rose Club em Nova York. A senhorita teria um momento para conversar comigo?

Pai do céu! Até eu, que nunca tinha ido a Nova York, sabia que o The Rose Club é um dos bares mais exclusivos da cidade, localizado dentro do Plaza de Manhattan, onde Liza

Minelli e Billie Holliday já haviam se apresentado no passado. O que será que eles queriam comigo?

– Olá, sr. Thompson, tenho sim. Em que posso ajudar? – perguntei com gentileza.

– Pode me chamar de Rob, srta. Walsh – ele disse, com um sorriso na voz.

– Então, por favor, me chame de Julie. Não somos formais na Califórnia – eu respondo, mantendo a conversa leve.

– Bom, Julie, como eu disse, eu sou representante do The Rose Club, você conhece?

– Claro. É o berço de ouro do Blues e do Jazz em Nova York. Eu ainda não tive o prazer de visitar, mas conheço bem a história do lugar – eu respondo, realmente encantada. O Rose Club é um local de sonho.

– Muito bom conversar com uma jovem cantora que conhece bem o mercado em que atua – ele fala. – Estou ligando, Julie, pois tivemos acesso a alguns vídeos das suas apresentações num bar daí de Los Angeles, chamado After Dark, e ficamos muito impressionados. Um dos nossos executivos esteve numa apresentação sua, com um crítico do *LA Times*, e voltou falando muito bem.

Estou de boca aberta. Sem palavras. Um executivo importante animado com meu trabalho? Lembro-me perfeitamente da noite da visita do crítico. Foi a minha noite seguinte à estreia, quando eu e Danny... bem, vocês lembram.

– Nós temos uma proposta para você – ele prossegue. – Gostaríamos que viesse se apresentar aqui.

– Me apresentar aí? Nossa. Estou realmente emocionada. Quando seria? – eu pergunto, animada, mas preocupada com a questão da viagem a Paris. Mesmo que precisemos adiar... Meu Deus! É o Rose Club de NY!

– Não seria um show apenas, Julie. Nós queremos você fixa conosco. Um contrato inicial de dezoito meses – ele fala e eu me sinto murchar.

– Rob, eu agradeço muito o convite, de verdade, mas vou ter que declinar. Eu vivo em Los Angeles, minha família, meu namorado, meus amigos estão todos aqui. Eu não teria como me mudar para Nova York e abandonar tudo. Por mais incrível que a oportunidade seja.

– Eu não falei ainda sobre a parte financeira... – ele diz, mas eu o interrompo.

– Desculpe, mas não é uma questão de dinheiro. É a localização. Eu estou realmente honrada que o The Rose Club tenha interesse em mim, mas a minha vida é aqui.

– Vamos fazer o seguinte? Eu não vou considerar essa resposta como definitiva. Você só precisaria começar daqui a três semanas. Tire esse tempo para pensar. Quem sabe você não muda de ideia? – ele diz e eu concordo, para não ser rude.

– Claro. Vou salvar seu telefone em minha agenda e te ligo se mudar de ideia.

– Perfeito. Eu espero, realmente, que você reconsidere.

– Obrigada, Rob. É uma honra.

Encerramos a ligação, eu me sinto nas nuvens! Imagina, eu, que até pouco tempo atrás não tinha nenhuma perspectiva de me apresentar, sendo convidada para cantar em um dos clubes mais exclusivos dos Estados Unidos?

Tomei banho, me vesti e sequei o cabelo, sem parar de pensar nisso. Eu estava no auge da felicidade. Nada poderia estragar aquele momento.

Tentei ligar para Danny, mas o celular foi direto para a caixa postal, e o telefone dos meus sogros – engraçado pensar em Mary e Paul assim – estava ocupado.

Então, liguei para George.

– Amigo, você não vai acreditar no que aconteceu! – eu falo rápido, sem nem cumprimentá-lo.

– Ei, garotinha. Tudo bem com você? Comigo está tudo ótimo, obrigado por perguntar – nós dois rimos e ele continua: – Me conta o bafão que aconteceu, antes que você exploda de tanta energia.

– Um executivo do The Rose Club me ligou.

– The Rose... The Rose Club? No Plaza? Em Nova York? – sua voz aumenta um tom a cada questão. – Puta Merda! Julie, quando vai ser o show? Já estou sonhando com a nossa viagem a Manhattan.

– Eu não vou, George.

– Como não vai, garotinha? Vai ser demais para sua carreira! O Danny Boy não vai implicar com um show apenas. Imagina nós, na Quinta Avenida, fazendo o nosso próprio Sex and The City? Quero um Mr. Big para mim!

– Você já tem o Ben – eu falo, tentando colocar juízo na cabeça dele.

– Meu amor, Ben é Ben. Mr. Big é Mr. Big. Os dois têm três letras no nome, mas o segundo promete um pacote maior. E não é todo dia que eu posso ser uma versão moderna da diva Bradshaw! – ele fala e morremos de rir.

– Querido, eu não vou. Não é um show apenas. É um contrato de exclusividade por dezoito meses. Eu não vou me mudar para Nova York e deixar o Danny e vocês aqui.

– Para tudo. Você está me dizendo que o The Rose Club, onde minha diva Liza Minelli já cantou, quer *contratar* você? Estou *tão* emocionado! – George fala e eu acho que ele está chorando.

– George, amigo, não chora – eu tento consolá-lo. – Eu também estou. Nossa, é inacreditável. Parece um sonho.

– Você realmente não vai?

– Não. Minha vida é aqui. Minha família, meus amigos. Meu namorado – eu falo com um sorriso. – Não posso deixar Danny, George. Não agora, que estamos tão bem juntos.

– E o que o pessoal de Nova York disse sobre isso?

– O representante disse que não aceitaria minha negativa agora e que eu tenho três semanas para pensar.

– Meu bem, se você for nós vamos nos ver muito pouco e você sabe que eu te amo e morreria de saudades. Mas se você não for, vai perder uma oportunidade única. Então você precisa fazer o que seu coração mandar. Você já contou ao Danny?

– Não. Ele está na casa dos pais. Eu tentei ligar, mas o celular estava desligado. Aí, liguei para você.

– Ele vai ficar orgulhoso. Como eu estou.

– Obrigada, querido. Eu também estou. Muito.

Eu e George conversamos mais um pouco e depois nos despedimos, pois Ben estava aguardando para sair com ele. Assim que desligo o telefone, ouço o barulho da chave na porta.

– Danny? – chamo, correndo até a sala e me jogando nos braços dele.

– Hey, baby! Que recepção feliz! – ele me beija e sorri, mostrando um embrulho. – Trouxe o almoço. Mamãe fez comida demais, para variar, e quando eu disse que almoçaria aqui com você, ela garantiu a refeição.

Nós nos beijamos mais uma vez e ele levou a comida em direção à cozinha.

– Danny? Eu tenho uma coisa para contar – ele me olha, parecendo confuso.

– O que foi, Ju? Não está doente de novo, né?

– Não. É coisa boa. Conhece o The Rose Club?

– Aquele bar famoso, em Nova York?

– Sim, no Plaza.

– Conheço. O que tem ele? Quer ir lá? – ele me pergunta, parecendo confuso. – Podemos fazer uma escala, na volta de Paris.

– Não, querido. Eu recebi um convite.

– Convite? De quê? O que o bar no Plaza tem a ver com isso?

– Um convite para cantar lá. Me ligaram hoje.

Uma série de emoções passa pelo rosto dele. Surpresa, incredulidade, orgulho e o que me pareceu ser um pouco de medo.

– Ligaram? E o que você falou? – ele me pergunta, parado no meio da cozinha.

– Eu agradeci e disse que não iria. Que a minha vida é aqui. Mas eu fiquei feliz. Ter meu trabalho reconhecido dessa forma é um sonho. Jamais imaginei que algo assim pudesse me acontecer.

– Uau, baby! É maravilhoso. Na verdade, não deveríamos nos surpreender, porque você tem uma voz linda e muita presença de palco. As sextas são os melhores dias para o AD. Acho que o Rafe devia ter feito um contrato com você. Assim, não teríamos o risco de te perder pra concorrência – ele fala, brincando comigo.

– Oh, Danny. Vocês não vão me perder pra concorrência. Meu lugar é no After Dark! – respondo, abraçando-o.

– Parabéns, Julie. Você merece todo o sucesso do mundo. Eu me sinto muito orgulhoso, apesar de, no início, ter sido contra.

– Você ainda me deve uma por isso – eu falo, piscando um olho, e Daniel me pega no colo e me carrega em direção ao quarto. – O que você está fazendo? – eu pergunto, rindo dos seus modos de homem das cavernas.

– Tive uma ideia para te recompensar por minhas falhas e para comemorar o convite que você não vai aceitar.

– E qual é? – eu pergunto, já tendo certeza do que ele vai responder.

– Vou fazer amor com você a tarde inteira, até que você esteja cantando de prazer no meu ouvido.

Ele me coloca na cama com cuidado e se afasta por um momento apenas para ligar o som do quarto. A voz suave de Madonna, cantando *Crazy for You*, inunda o ambiente. Ele volta e cola seu corpo ao meu.

Seus dedos se movem sobre meu corpo, puxando a minha camiseta e jogando-a no chão. Arranco sua camisa, enquanto ele estuda meu sutiã com um olhar de *bad boy*. Solto um gemido baixo quando o sinto desabotoá-lo e jogar a renda aos meus pés. Suas grandes mãos rodeiam meus seios, acariciando, até que eu não consigo conter meus gemidos. Sem pausa, seus dedos continuam deslizando para baixo, até o botão do meu short jeans. Ele abaixa o zíper e tira o short.

Todos os seus movimentos são extremamente sedutores. Suas mãos não deixam meu corpo um só minuto e o seu olhar parece me reverenciar, como se eu fosse a pessoa mais importante da vida dele. Ele inclina a cabeça e me beija, profunda e completamente, com um movimento lento da língua. O sabor de seu beijo me intoxica, despertando uma fúria apaixonada que me faz apertá-lo e agarrá-lo. Quando ele se afasta um pouco, um brilho selvagem e apaixonado ilumina aqueles olhos intensamente verdes.

– Você é tão linda. Deixa eu olhar para você, inteira.

Seu olhar corre meu corpo e ele toca minha calcinha, puxando-a para baixo e retirando a última peça que faltava para me deixar completamente nua. Ele me olha por um longo tempo, parecendo faminto por tocar em meu corpo nu por inteiro. Vê-lo ainda vestido só aumenta meu desejo. Ele se abaixa, beijando e lambendo a curva do meu pescoço em direção ao meu queixo. Nossas bocas se unem em um beijo.

Afasto-me um pouco e troco de posição, empurrando-o para a cama. Abaixo-me entre suas pernas e desabotoo sua calça, mantendo aqueles olhos ardentes presos aos meus. Puxo sua calça e sua cueca para baixo, seu pau surge, duro e pronto. Eu olho para ele, dando um sorriso malicioso, e me inclino em sua direção, mas ele me puxa de volta, colando sua boca na minha.

– Baby, se eu não estiver dentro de você logo, acho que vou morrer – ele fala em meu ouvido. Meus olhos estão sobre os dele. Ele afunda lentamente no meu corpo. Por um momento, nenhum de nós se move ou respira. Ele sussurra meu nome.

Eu levo a mão ao seu rosto e o puxo contra mim. Ele se afasta saindo quase que completamente antes de deslizar de volta até o fundo. Nunca me senti tão bem. É um momento perfeito, com a pessoa certa. As mãos dele estão agarradas em meu quadril, me ajudando a manter a constância dos movimentos. Somos uma confusão de braços e pernas, é impossível saber onde ele começa e eu termino. Isso não vai durar muito tempo. Consigo sentir seu corpo inteiro vibrar, refletindo as reações do meu, como um espelho.

Ele aumenta a velocidade, duro, profundo, um êxtase molhado. Estamos quase sem sentido. Eu me contraio em torno dele, o prazer tomando conta do meu corpo da forma mais intensa que já experimentei. Quando chego ao auge do prazer, sussurro em seu ouvido as palavras que tenho guardadas há tanto tempo dentro de mim, e que têm o poder de destruir o momento perfeito que experimentamos agora: – Oh, Danny… Eu te amo.

Seu corpo inteiro se contrai, seus músculos ficam tensos e aqueles olhos verdes que eu tanto amo perdem completamente seu brilho.

Merda.

Daniel

No momento exato em que ela solta aquelas palavras, o pânico toma conta do meu corpo. Sinto como se eu tivesse levado um tapa na cara. Sabe aqueles tapas bem dados, que te deixam atordoado porque não estava esperando? Foi como eu me senti. Não que eu não soubesse que ela gostava de mim. Mas ouvir essas palavras, ainda mais naquele momento de paixão, eleva o nosso relacionamento ainda mais. E eu não sei se estou pronto para mais concessões.

– Ju... – eu começo a falar e me afasto dela. A mágoa é notória em seu olhar. – Desculpe, Ju, mas eu não estou pronto para isso...

No momento em que as palavras saem da minha boca, eu tenho a certeza de que falei merda. Seus olhos castanhos se arregalam e eu consigo notar as lágrimas se formando. Deus, não permita que ela chore. Eu não posso suportar. Inesperadamente, ela me empurra e se levanta da cama.

– Baby, aonde você vai? – eu pergunto e me sinto tremer por dentro, com medo da resposta.

– Para minha casa – ela responde enquanto veste as roupas espalhadas no chão.

– Não, baby, fica. Eu sei que te magoei, mas não sei como me sinto quanto a isso – estou tão confuso que o que eu falo não faz sentido nem para mim. Quando olho em seu rosto, o que eu vejo me apavora. Ela é apenas uma sombra trêmula da mulher calorosa que estava em meus braços, dois minutos atrás.

– Acabou, Daniel. Chega! – ela fala, se esforçando para não derrubar as lágrimas que marejam seus olhos.

– Baby, não... – eu começo, segurando-a em meus braços, mas ela me empurra e se afasta.

– Não me chama assim! – ela grita. – Estamos juntos há nove meses. Dormimos na mesma cama todos os dias. Fazemos planos para o futuro. E você não sabe se está pronto para isso? Foda-se, Daniel. Eu abri mão de uma proposta de trabalho por sua causa, para não te deixar. E você não sabe o que sente por mim? Vá se foder.

Eu fico parado, de boca aberta, sem ação. Nunca a vi assim. Nós já brigamos, como todo casal. Mas nesse momento ela parece enlouquecida, irada e, o que é pior, decepcionada.

– Ju, meu bem, não vá. Me desculpe... – eu nem sei o que dizer. Só queria que ela não fosse embora.

– Me esquece, Daniel. Porque eu vou te esquecer. Três meses atrás, quando fui parar naquele hospital, eu devia ter mantido a decisão de me afastar de você. Mas a idiota aqui achou que você estava tão envolvido quanto eu. Como eu fui burra!

Ela segue até a porta do quarto, vira para mim e me desfere o último golpe:

– Eu realmente lamento ter perdido tanto tempo da minha vida apaixonada por você, seu idiota – e sai do quarto batendo a porta.

Merda. E agora?

Capítulo dezoito

Um mês depois...

Julie

Se alguém me dissesse que hoje eu estaria sentada em um quarto do Plaza de Manhattan, bastante agasalhada, olhando para a vista do Central Park, com suas árvores amareladas pelo outono, eu teria rido e achado que era piada. Mas aqui estou eu, um mês após o término do meu namoro com o idiota sem coração, sentada na varanda da minha suíte, me preparando para subir ao palco do The Rose Club.

Após sair da casa de Daniel, eu peguei um táxi e me hospedei em um hotel. Liguei para George, contei o que tinha acontecido e recebi todo apoio. Passei dois dias enfiada naquele quarto chorando, sem saber o que fazer. Eu amava Daniel com todo o coração. Amei-o a vida inteira, mas não me contentaria em não ter tudo ao que tinha direito. E, com a reação dele à minha declaração, eu percebi que com ele eu jamais teria "tudo". Seu medo de se envolver era muito maior do que seus sentimentos por mim.

Após aqueles dois dias em total depressão, resolvi que já tinha chorado o suficiente e que estava na hora de seguir a minha vida. Liguei meu celular para falar com Rob Thompson e vi que tinha uma série de mensagens de texto e recados na caixa postal. Não quis ver nada, apenas busquei o nome de Rob na minha agenda e liguei, dizendo que eu tinha pensado bem e que gostaria de aceitar sua proposta.

A reação dele foi um sopro de esperança em meu coração machucado: a alegria que ele demonstrou me deu a coragem para seguir em frente com minha decisão. Ele me enviou uma série de solicitações por e-mail. Eu teria de providenciar vários documentos, cuidar da mudança, fazer exames de saúde para a contratação. O Plaza era extremamente exigente. Ele providenciaria um local para eu me hospedar pelos primeiros três meses, já que esse período, por insistência minha, seria um contrato de experiência. Antes de assinar um contrato a longo prazo, eu queria ter a certeza de que conseguiria me adaptar à nova cidade.

Ninguém sabia onde eu estava hospedada, além de George. Mandei uma mensagem de texto para Mary, para acalmá-la, avisando que eu estava precisando de um tempo sozinha. George conseguiu, na minha casa, os documentos de que eu precisava e agendou os exames da contratação. Ele tentou me falar a respeito do idiota, mas eu não quis ouvir.

Dois dias depois, voltei ao Cedars-Sinai para fazer os exames e encontrei o dr. Nate, que, coincidentemente, estava de plantão.

– Julie! Que surpresa! Você está bem? – ele me pergunta, parecendo preocupado.

– Sim, dr. Nate. Vim fazer uns exames de rotina – eu respondo, fazendo um esforço para parecer simpática, apesar do meu humor sombrio.

– Por favor, me chame de Nate. Não sou mais seu médico – ele abre um largo sorriso. – Veio sozinha?

– Vim com meu amigo George. Ele está estacionando.

– Então, vamos até a área de exames. Vou te acompanhar.

Ele me leva até o local e ficamos conversando um pouco, até que chega a minha hora de entrar.

– Fique tranquila, vai dar tudo certo. Se precisar de algo, peça para me chamarem que eu venho correndo, ok?

– Obrigada, doutor... digo, Nate – eu digo, sem jeito, e me afasto.

– E... Julie? – ele me chama quando eu já estou entrando na sala de exames. – Se você quiser sair para jantar qualquer dia desses, me liga, ok? – ele me pega desprevenida. Pisca o olho para mim e vai embora.

Passo por uma série de exames, mas estou tranquila, pois não tenho nenhum sintoma de doença. Desde aquela estranha febre há três meses, nunca mais tive problemas de saúde.

Até agora.

Eu e George estamos na sala de espera quando uma médica me chama.

– Srta. Walsh? Sou a dra. Jennifer Steel. Podemos conversar por um momento? – ela me pergunta e eu olho preocupada para George.

– Vai, garotinha. Estou aqui se precisar de mim.

Eu a acompanho até seu consultório e ela me estende os resultados dos meus exames.

– Srta. Walsh, seus exames estão todos certos. Sua saúde está ótima. Apenas um exame deu uma alteração.

– Alteração?

– Sim. Você está grávida. Pelos exames, não deve ter mais de onze semanas.

– Grávida? Ah, meu Deus.... mas eu uso anticoncepcional, como posso estar grávida?

– Eu li em seu prontuário que você esteve internada há quase três meses. Alguns dos medicamentos que você usou podem diminuir a eficácia do anticoncepcional.

Eu mal consigo raciocinar. E agora? O que vou fazer?

– Eu vou prescrever algumas vitaminas. E recomendo que você procure um obstetra para fazer um acompanhamento. Eu posso recomendar um aqui em Beverly Hills.

– Eu estou de mudança para Nova York.

Droga! Será que isso vai influenciar no meu contrato?

A dra. Steel me entrega a receita com a prescrição e me dá algumas orientações. Saio do consultório devastada. Não sei nem o que pensar.

– Garotinha, está tudo bem? – George corre ao meu encontro quando vê a minha expressão atordoada.

– George, eu estou grávida. O que eu vou fazer? – ele me abraça e eu começo a chorar. Esse era para ser um momento feliz, estou gerando uma vida, mas tudo o que consigo pensar é que eu vou ser uma mãe solteira e que, se eu contar isso para o pai do meu bebê, ele vai fugir para as colinas em tempo recorde.

– Grávida? Meu Deus! Garotinha, não fique assim. Você vai ter seu bebê e eu vou te dar todo o apoio do mundo. Vamos para casa. Temos uma mudança para organizar e um enxoval para comprar.

Ele me abraça com força e eu me sinto mais protegida.

Eu não contei para ninguém da gravidez e proibi George de contar para quem quer que fosse, nem mesmo para Jo. Se alguém descobrisse, em dois minutos Daniel saberia também e sabe-se lá o que ele faria. Tudo o que eu queria era tempo para juntar meus pedaços e me acostumar com a ideia.

No decorrer daquele mês, organizamos a minha mudança para Nova York e, antes de ir, conversei sobre a gravidez com Rob, que me deu os parabéns e disse que ainda assim o convite estava de pé.

Não tive nenhuma notícia de Daniel no decorrer daquele mês. Mary, Paul e Jo vieram me ver na minha última semana em Los Angeles e eu falei da mudança sem mencionar o bebê. Ainda não me sentia pronta para isso.

George foi o único a me acompanhar ao aeroporto, a pedido meu. Eu não queria passar por um momento triste de despedida da família, quando meu emocional já estava tão abalado.

E aqui estava eu, sozinha, em Nova York, grávida de quase quatro meses. Passo a mão na minha barriga, que mal aparece, pensando que, em algum momento, eu vou ter de contar para a família e, principalmente, para o pai da criança.

Depois do desespero inicial, o sentimento de ser responsável por esse pequeno ser acalentou meu coração e me tirou daquele estado de espírito tão triste. Eu não queria que meu bebê sofresse e tentava me manter forte e conseguir esquecer Daniel. Finalmente, eu teria uma família de verdade. Ainda que fôssemos só eu e o meu filho.

Uma batida na porta me tira do meu devaneio.

– Pode entrar.

– Julie, como você está? E o nosso mascote? – Rob pergunta, animado. Ele era um senhor de quase sessenta anos e me adotou como filha no momento em que colocou os olhos em mim.

– Estamos bem, Rob – eu respondo sorrindo e acariciando meu ventre.

– Querida, eu queria explicar sobre a apresentação de hoje.

Rob senta ao meu lado e segura minha mão. Essa é a minha terceira apresentação após a mudança. O combinado era que os shows seriam aos sábados, mas ele me pediu para cantar hoje, quarta-feira, excepcionalmente.

– O evento de hoje é um pouco diferente do que costumamos fazer. Um empresário fechou o bar e vai fazer uma surpresa para sua futura noiva, e me pediu que você cantasse.

Ele não quer o pianista. Você acha que consegue dar conta de cantar e tocar ao mesmo tempo?

– Claro, sem problemas. Algum pedido especial? A música do casal?

– Eu acho que você pode abrir o show com aquela que você cantou no final do último show… e segue com *Come Away With Me*, da Norah Jones, que é a música dos dois, segundo ele.

Sinto como se eu tivesse levado um tapa na cara. Logo *essa* música? Esse show vai ser mais difícil do que eu esperava. Meus hormônios se agitam e lágrimas forram meus olhos. Eu respiro fundo, tentando me acalmar.

– Por quanto tempo preciso tocar para eles? – pergunto, tentando controlar meus nervos.

– Ele reservou o espaço por três horas. Pode ser que ele queira um momento a sós com a noiva, aí ele vai avisar.

– Tudo bem. Vou me arrumar, está quase na hora.

– Julie, querida? – ele me chama quando estou a caminho do closet. Eu me viro. – Coloque aquele vestido azul bonito que você comprou com seu amigo.

– Qual, Rob? Aquele longo? – eu pergunto, confusa. Rob não é de se meter no figurino do show.

– Sim, e mantenha os cabelos lisos, ok? – ele vem até mim, beija minha testa e sai do quarto. Agora que eu finalmente aprendi a ondular meu cabelo como George fazia, eu arranjo um "figurinista" que não me deixa fazer isso.

Tomo banho repassando algumas das músicas que pretendo cantar durante a apresentação. Os shows aqui são muito diferentes dos que eu fazia com a The Band. Em Los Angeles cantávamos muito pop, minhas roupas eram curtas e eu era acompanhada por uma banda. Aqui em NY eu uso vestidos longos de festa, e o repertório é repleto de músicas lentas, muito blues e jazz, e eu canto ao som de um piano.

Entro no quarto para me vestir e ouço o alerta de mensagem de texto no meu celular. Só pode ser George ou Jo, as únicas pessoas que têm meu novo número de telefone.

`Amiga, estou morrendo de saudades. Espero que vc esteja bem. Manda notícias. Bjins`

Era Jo, e eu me sinto culpada por estar escondendo as coisas dela. Respondo, pensando que vou ter de contar a ela o mais rápido possível.

`Oi, amiga! Eu também estou. Preciso conversar com vc. Vamos marcar de nos ver pelo Skype essa semana? Amo você. <3`

Tiro do armário o vestido sugerido por Rob. Foi um presente de George. Era um vestido longo, de corte reto. Suas mangas eram compridas e havia uma grande fenda na perna. O design era da estilista brasileira Daniella Helayel, que veste a duquesa Kate Middleton, e George brincou comigo dizendo que escolheu esse para que eu me sentisse parte da realeza. O que mais chamava atenção no vestido clássico era o tecido: azul marinho bem escuro, com aplicações muito pequenas, em cristal branco, dando o efeito de um céu estrelado.

Eu me visto, seco o cabelo, deixando-o natural como Rob pediu, e faço a minha maquiagem. Ao terminar, me olho no espelho, satisfeita com a minha aparência, e não consigo evitar um sorriso ao colocar a mão na barriga.

Uma batida na porta desvia minha atenção. Vou abrir e Charlie, o mensageiro, abre um sorriso.

– Srta. Walsh, o sr. Thompson pediu para avisar que está na hora e que a senhorita pode começar a tocar assim que entrar, mesmo que não tenha ninguém no salão – ele fala e me olha de cima a baixo, corando um pouco. Ele é jovem, não deve ter mais do que dezoito anos. – Se me permite dizer, a senhorita está linda – ele fala, ficando ainda mais vermelho.

– Obrigada, Charlie – eu sorrio e o acompanho pelo corredor até o lobby do The Rose Club.

A decoração do local é muito clássica e formal. É um lugar lindo, que turistas do mundo todo fazem questão de vir conhecer, por sua importância histórica e musical. Surpreendo-me ao entrar no salão, pois a decoração foi toda adaptada ao evento, o que não é comum. Um nó se forma em minha garganta e sinto aquela sensação de borboletas no estômago quando vejo um mar de rosas vermelhas de cabo longo e toda a iluminação a luz de velas, o que me traz a lembrança de dias felizes. Isso vai ser ainda mais difícil do que eu imaginava.

Sigo até o piano de cauda que fica no lado direito do palco e me posiciono para começar a tocar. A primeira música é uma composição minha, chamada *Real Love*, que escrevi para o idiota durante nossos momentos felizes.

Our moments are like a dream
I never imagined it could become true
My mouth on your mouth
Your hand on my body
Your caresses that make me love you

When I feel the taste of your kiss

I allow myself to fantasize
That between us is forever
And without me you can't stay

You are my dream
And I want to be yours
Let me stay with you forever
I want to be yours forever

I love you
And I don't even want to
Think about losing you
My sweet love
Oh my real love

O salão continua completamente vazio. É no mínimo estranho tocar e cantar naquele lugar sem uma plateia.

Inicio *Come Away With Me*. Tocar essa musica dói na minha alma. Acho que no futuro eu deveria me tornar uma cantora excêntrica e me recusar a cantar essa canção. Ela é tão repleta de lembranças que eu chego a sentir um aperto na garganta.

Meus olhos se fecham, enquanto meus dedos correm pelas teclas do piano. Nota a nota, vou seguindo a canção, até que minha nuca se arrepia sentindo uma presença no salão. Eu não quero ser invasiva, então mantenho os olhos fechados, prosseguindo com a canção. Não consigo me controlar e meu pensamento voa até a nossa noite na roda-gigante. Como alguém com atitudes tão românticas não se permite amar?

Vou chegando ao fim da canção, com a voz um pouco trêmula, já pensando na música seguinte, quando abro meus olhos e vejo algo brilhando em cima do piano, algo que não estava lá antes.

A lendária caixa azul da joalheria Tiffany está repousada em cima do piano, aberta, de frente para mim. Olho para cima e não vejo ninguém. Dentro da caixa, virado em minha direção, brilha o mais lindo conjunto de anéis que já vi. Eu já os tinha visto, no passado, na única vez em que entrei em uma loja da rede, em Santa Monica. Paul nos levou lá para comprar nossos anéis de formatura, e eu me lembro de ter ficado uns bons cinco minutos olhando esse conjunto de alianças de noivado e casamento: o primeiro é um aro de ouro branco liso adornado com o diamante mais brilhante que a Tiffany produz. É um diamante lendário, com corte, coloração, brilho e peso perfeitos, tão lindo que você pode ficar horas olhando para ele sem se cansar. A aliança de casamento, também de ouro branco, é toda cravejada de pequenos brilhantes do mesmo modelo. Quando usadas juntas, formam o brilho perfeito.

Não sei se devo continuar tocando, se paro ou se pego os anéis de cima do piano. Então sinto duas mãos tocarem meus ombros, correndo pelos meus braços, e um perfume muito conhecido envolve meus sentidos. Meu corpo treme em reconhecimento e duas lágrimas caem dos meus olhos.

O que ele está fazendo aqui?

– Baby, você é o meu amor. Para sempre – ele fala, com lágrimas rolando em seu rosto.

Daniel

Passei o ultimo mês em um estado miserável. Nunca estive tão deprimido. Perder Ju daquele jeito foi um golpe impossível de superar. Passei dias sentado na porta da casa dela, esperando-a voltar, ligando inúmeras vezes para seu celular.

A única pessoa que eu via era George. E ele me disse com todas as letras o quanto eu era idiota. Eu tive de concordar. Eu era, realmente, um idiota.

Nunca fui tão feliz quanto no período em que estivemos juntos. E eu joguei essa felicidade pela janela, por medo. Era uma mistura de medo de sofrer e medo de perder alguma coisa na vida. Como se o fato de me comprometer com uma mulher me impedisse de ser feliz ou de continuar a viver a minha vida de forma mais do que satisfatória. E, no fim das contas, o medo me fez sentir tudo o que eu temia.

Duas semanas após o sumiço da minha garota, eu fui conversar com a minha mãe. Primeiro, ela me arrasou. Fez questão de me falar o quanto eu era infantil, mimado e imaturo e que eu não era o homem que ela achou que tinha criado. Depois que eu já estava bastante miserável, ela resolveu me ajudar, mas afirmou que fazia isso pela Julie, não por mim. Colocamos em prática um plano para trazer minha garota de volta para casa. Eu estava disposto a oferecer tudo o que ela quisesse, apenas para ter a chance de pedir perdão e tê-la ao meu lado novamente.

Fiz contato com o The Rose Club e conversei muito com Rob, o novo chefe de Julie. Ele entendeu minha situação e se dispôs a ajudar. Consegui convencer George também, mas só depois que me comprometi a comprar o maldito conjunto Tiffany que ele sugeriu e que custava uma pequena fortuna.

Não importava o preço, eu daria todo o dinheiro do mundo para ter minha garota de volta.

Eu estava disposto a oferecer tudo: casamento, papel assinado, uma casa com quintal e cerca branca, cachorro, filhos. Eu só precisava de uma chance.

Quando a vi naquele vestido azul, eu quase não me contive. Tudo o que eu queria era arrastá-la para cima daquele piano e fazer amor a noite inteira. Mas eu precisava manter a calma e executar todos os passos do meu plano, para nada dar errado.

Eu percebi a hora exata em que ela sentiu minha presença. Um tremor correu seu corpo e era possível sentir uma energia no ar.

Dos bastidores, eu a vi abrir os olhos e encarar a caixa azul com um ar de confusão e incredulidade. Fui me aproximando por trás e fiz o que queria fazer desde a hora em que entrei naquele salão: segurei seus ombros, correndo as mãos pelos braços, me aproximando do seu corpo trêmulo. Pela primeira vez na vida, me deixei levar pela emoção dos meus sentimentos e permiti que as lágrimas descessem livremente. Era como se eu fosse um náufrago há muito perdido, que finalmente tinha reencontrado o caminho de casa.

– Baby, você é o meu amor. Para sempre.

Sinto seu corpo tremer ainda mais e as lágrimas começam a cair de seus olhos.

– Me perdoa. Eu não mereço você, mas não sei o que fazer sem você na minha vida. Casa comigo? Eu não aguento mais ficar longe.

– Eu não posso – ela fala, as lágrimas inundando aquele rosto lindo que eu tanto amo.

– Eu vou provar que é isso que eu quero. Eu sou capaz de assumir um compromisso – eu falo, em desespero, puxando um envelope do bolso de trás do terno e estendendo a ela. – Olha.

Ela pega o envelope e segura, olhando para mim sem entender. Eu aceno, a incentivando a abri-lo, até que ela começa a ler, e a expressão em seu rosto passa de triste para incrédula.

– Danny, o que é isso... – ela começa a falar e eu a interrompo.

– Isso é a nossa casa. Eu comprei uma casa em frente à nossa praia, em Santa Monica. Não é perto demais do parque, pois precisamos ter privacidade durante o verão, longe dos turistas, mas é perto o suficiente para que você veja a roda-gigante da nossa varanda – eu conto, enxugando minhas lágrimas e em seguida as dela. – A casa é nossa, está no nosso nome, e George assinou como seu procurador. E aí também tem uma foto do mais novo membro da nossa família.

Ela vira as páginas até o final e encontra a foto de Pepper, nosso filhote de golden retriever, em uma pose solene na frente de casa. Ela volta a chorar e balança a cabeça em negativo. Oh, meu Deus. Será que ela vai me dizer não?

– Danny, eu não posso – ela fala baixinho, entre lágrimas.

– Por que não, baby? Me perdoa... Deixa eu te fazer feliz. Eu te amo tanto – minhas lágrimas voltam a cair.

– Eu estou grávida – ela fala, levantando aqueles olhos castanhos para mim e colocando a mão sobre o ventre. – E não acho que você esteja pronto para o pacote completo – ela fala em um tom de desafio e se levanta, enxugando as lágrimas que teimam em cair. – Portanto, acho melhor você ir embora. Conversamos sobre o bebê num outro momento.

– Grávida? Vamos ter um bebê? Tem certeza? – levo um choque. Meu queixo cai com a surpresa da gravidez. Passo a mão nos cabelos. Olho para ela e, quando me dou conta de sua expressão de desgosto e que ela já está a ponto de se afastar, eu abro um sorriso feliz, apesar do susto.

– Baby, eu não vou a lugar nenhum. Isso é perfeito. É como um presente de Deus! – eu falo, com um sorriso feliz. – Eu e você vamos ficar juntos e seremos felizes para sempre com nosso filho. Mesmo que a gente brigue... porque nós vamos brigar, você é tão cabeça-dura! Mas nossa vida será maravilhosa, faremos amor enlouquecidamente todas as noites e vou fazer o meu melhor para manter você sempre feliz.

Ela me olha incrédula. Deve estar se perguntando que bicho me mordeu ou se eu levei uma paulada na cabeça. Chegou a hora da cartada final. Eu pego a caixa de cima do piano, ajoelho aos pés dela e falo:

– Ju, você é meu amor. É a minha garota dos sonhos. Eu sou um homem melhor desde que você me deu a chance de ficar com você, no alto daquela roda-gigante. Casa comigo? Eu prometo cuidar de você e do nosso bebê como se vocês fossem ainda mais raros do que esse diamante que George me fez comprar. Vocês são as minhas duas pedras preciosas e, se eu não puder dividir minha vida com vocês, ela não vai fazer nenhum sentido. Por favor, me dê a chance de fazer vocês felizes, ainda que eu seja o seu homem das cavernas – nesse momento, ela está sorrindo e chorando ao mesmo tempo e eu dou meu golpe de misericórdia: – Por favor, por favorzinho? – ela solta uma gargalhada para meu olhar de pedinte e me dá a resposta pela qual eu estive segurando a respiração até agora.

– Sim.

– Graças a Deus! – eu coloco o anel de noivado em seu dedo e me aproximo para beijá-la, mas ela me segura.

– George te obrigou a comprar esse anel? – ela pergunta rindo e admirando o brilho da pedra.

– Sim, ele disse que tinha de ser perfeito, ou ele não me ajudaria – ela abre um sorriso entre as lágrimas, agora de emoção. – Mas é um anel perfeito, para a minha mulher perfeita.

– Ele é o melhor amigo que uma garota pode ter – ela diz e nós dois rimos. – Daniel? Se você fizer algo como aquilo de novo, eu vou cortar seu "amiguinho" fora, ok? Eu nunca mais quero passar por um sofrimento desses – uau! Meu pau sofre só de pensar na cena.

– A única coisa que meu "amiguinho" quer agora é brincar com você em cima desse piano.

Eu a coloco em cima da cauda do piano. Ela passa as pernas ao redor do meu corpo, aproximando-se. Deus, eu morreria se não pudesse mais sentir o calor do corpo dela. Ela baixa o rosto na direção do meu e finalmente trocamos o nosso primeiro beijo depois de um mês afastados. Um filme passa pela minha cabeça, e eu me lembro dos nossos momentos juntos, felizes, do sofrimento que passei ao quase perdê-la e da notícia surpreendente que ela me deu. Jesus, eu vou ser pai!

Afasto-me um pouco dela, para olhar sua barriga, ainda lisa, e não resisto à vontade de passar a mão.

– Você vai ficar linda com barrigão de grávida – eu falo, ainda enfeitiçado com tudo isso.

– Oh, Danny... eu estava tão insegura! Nem consigo acreditar que você está do meu lado agora – ela fala e mais uma lágrima furtiva escapa dos seus olhos.

– Eu não vou sair nunca mais do seu lado e do lado do nosso bebê – eu enxugo a lágrima e dou um beijo leve em seus lábios. – Eu vou cuidar de vocês dois para sempre.

Ela sorri e me abraça. Eu me sinto completamente enlouquecido pelo seu perfume. Começo a puxar a barra do vestido para cima, até que ela segura minha mão.

– Danny, tem câmeras de segurança no bar inteiro. Não podemos fazer isso aqui – ela fala. Merda! Esqueci desse detalhe.

Passo os braços por baixo dela, pego-a no colo, e vou em direção à saída. – Daniel! Onde você está indo?

– Para o seu quarto. Vamos fazer sexo quente, selvagem e suado pelo resto da noite. Já passei muito tempo longe de você.

Capítulo dezenove

Julie

Daniel cruza o hotel comigo nos braços. Percebo que boa parte dos funcionários do hotel tinha ciência do plano dele, porque sorriem para mim e fazem sinal de positivo para ele.

– Danny, todo mundo sabia?

– Claro. Como você acha que eu conseguiria fechar um dos bares mais importantes de Nova York? Tive de contar minha história.

– Nossa história, você quer dizer.

– Minha história. De como eu fui de solteiro convicto a imbecil apaixonado em pouco tempo – ele fala e nós dois rimos.

Ele segue, me levando no colo, e para na porta do meu quarto.

– Amor, pega o cartão da porta no meu bolso? – ele pede e minha boca se abre, estupefata.

– Como você tem o cartão do meu quarto?

– Rob. Ele é um romântico inveterado... fazer o quê? – Daniel fala, dando uma leve piscada, e acena em direção à porta. Vou ter de bater um papinho com Rob amanhã.

Humm... ou não. Talvez eu deva agradecer a ele por ser nosso cupido.

Daniel empurra a porta com o pé e me leva para a cama. Quando eu me mexo para beijá-lo, ele se afasta e vai até a janela. Não acredito que ele vai querer ver a vista agora!

– Amor, aonde você vai? – eu pergunto e não posso deixar de sorrir. Finalmente posso chamá-lo de amor, quantas vezes eu quiser, sem medo.

– Abrir as cortinas. Quero que você veja a vista iluminada do Natal de Nova York enquanto fazemos amor – ele abre as cortinas, deixando entrar as luzes coloridas da mágica decoração de Natal da cidade.

Ele vai até o som, no canto do quarto e conecta ali o seu iPod. A voz potente de Adele soa no alto-falante e ele vem na minha direção com uma expressão concentrada no rosto. Aquele Danny brincalhão foi embora e deu lugar ao Daniel apaixonado e intenso que é só meu. Ele toma minha boca e me beija profundamente. Um beijo intenso, cheio de promessas, saudade e desejo.

– Baby, eu não quero machucar você ou o Danny Jr. – ele fala com os lábios quase colados aos meus e eu solto uma gargalhada.

– Quem te disse que vai ser um Danny Jr? Pode ser uma menina – eu dou um soco de leve no seu ombro.

– Espero que não. Terei que matar qualquer marmanjo que ouse chegar perto da minha menininha – ele fala e nós rimos juntos.

– Pode ficar tranquilo, amor. Ainda é muito cedo para saber se é um menininho ou uma menininha.

Ele sorri e se aproxima de novo, nos unindo com um beijo apaixonado. Passa a mão pelo meu corpo e eu solto um gemido. Ele beija a minha bochecha e morde a minha orelha, e meu corpo entra em combustão imediata. Parece que a gravidez me deixou ainda mais sensível.

– Eu quero você – ele fala em meu ouvido.

– Eu sou sua.

– Sabe o que você faz comigo? – ele pergunta com a voz baixa e áspera, seus olhos se estreitando enquanto ele puxa a barra do meu vestido.

– O quê? – pergunto, sem fôlego.

– Você me faz querer coisas que eu nunca quis antes. E me faz querer você – ele tira o blazer e puxa o nó da gravata, jogando tudo no chão. Volta a puxar meu vestido, tirando-o e me deixando de lingerie. – Você e essas coisinhas sexy – fala, com aquele olhar de *bad boy* que eu tanto amo.

Seu olhar está na direção do meu. Nossos olhos presos um no outro e eu me sinto hipnotizada pelo verde do seu olhar. Ele mal está me tocando e minha pele já treme em antecipação.

– Me toca – eu sussurro.

Ele se inclina, passa os lábios suavemente sobre os meus e se afasta novamente, apenas me olhando.

– Danny, por favor, me toca.

Seus olhos viajam pelo meu corpo, rosto, cabelos, como se estivesse gravando cada parte de mim em sua memória. Então, ele murmura:

– Eu nunca mais vou desistir de nós.

Eu sinto as lágrimas correrem novamente. Só ele tem o poder de me tocar a alma tão profundamente. A música de Adele termina e Brian Adams começa a cantar *I Do It for You*, como se fosse uma declaração de Danny sobre tudo o que ele faria por mim. Ele se afasta, os olhos brilhando, e acaricia meu cabelo suavemente.

– Eu te amo, baby.

– Eu te amo, Daniel.

Daniel

Olho para Ju e chego a me sentir emocionado. É incrível a sensação de tê-la em meus braços novamente.

Tento gravar na memória todas as curvas e traços do seu rosto, para que este momento seja eternizado. Tiro o sutiã bonito e já consigo notar uma diferença, ainda que mínima, em seu corpo. Corro meus dedos pelos seus seios e ouço um gemido leve.

– Oh, Danny... seu toque é delicioso – ela diz, eu dou uma risada e continuo a descer as mãos. Chego na sua calcinha e ela prende a respiração.

– O que foi?

– Estou esperando para ver se você vai rasgar essa também – ela fala e eu não posso segurar a risada. Eu me tornei um maníaco rasgador de calcinhas.

– Essa eu não vou. Mas as próximas, não posso prometer – digo e puxo a calcinha para baixo. Ela corre as mãos nas minhas costas e no meu peito. Eu envolvo os dedos em seu cabelo longo e bonito e puxo-o para baixo, beijando-a suavemente. Meus dedos têm vida própria e correm por seu corpo, por suas costas, segurando sua bunda e a puxando com força contra mim. Ela geme e gruda em mim, seus seios pressionados contra meu peito. Eu a beijo na boca, passando a língua pela curva do seu queixo. Desço pelo pescoço até chegar no peito, sugo um mamilo, desço em direção ao ventre plano e dou um beijo. Ela desce a mão pelo meu corpo, segurando meu pau que está muito duro, circulando o dedo sobre a ponta.

– Eu gosto disso – eu murmuro e ela ri.

– Você gosta?

– Aham. Mas agora é a minha vez de brincar. Depois é a sua – pisco para ela, prendendo seu olhar no meu. – Eu tenho muita sorte, baby. Jamais vou esquecer do quanto eu sou sortudo por ter você.

Brian Adams acaba de cantar no meu iPod, dando lugar a voz doce de Colbie Caillat, que canta *I Never Told You*. Eu tive a preocupação de gravar músicas românticas para nossa noite, porque queria que este momento fosse inesquecível.

Eu a beijo novamente, dessa vez com mais intensidade. Minha mão esquerda prende seu cabelo, enquanto a direita desce pelo seu corpo, agarrando seu quadril com força, traçando o caminho até as bordas de sua entrada. Movo dois dedos dentro e fora, fazendo-a se contorcer. Ela geme, seus olhos nunca desviando dos meus, o que me deixa ainda mais louco de desejo.

Eu enrolo suas pernas em volta do meu corpo, esfregando-a em mim. Seguro seu cabelo com mais força e dou um beijo duro e selvagem.

– Eu te quero, meu amor – meu coração pula algumas batidas com essas palavras. É realmente um sonho estar com ela novamente. Seus olhos focam nos meus e eu vejo nela os mesmos sentimentos que ela deve estar vendo em mim: uma mistura de amor, paixão, desejo e felicidade.

Distribuo beijos suaves em seu corpo, até seu estômago, entre seus seios, passando a palma da minha mão em sua garganta, até chegar à curva do pescoço. Sua respiração estava entrecortada e ela se contorcia sob meu corpo, agarrando meu quadril, puxando-me sobre si.

Eu soltei um gemido alto quando meu pau entrou em contato ainda mais próximo dela, que estava toda molhada.

– Te quero tanto, baby – eu falo, esfregando-me nela. Fecho os olhos, e tento me conter, com medo de machucá-la.

– Danny, eu estou pronta... por favor, por favor... – ela implora.

– Fala pra mim, baby. Por favor – eu peço, quase despedaçando.

– Eu sou sua, Daniel. Faça amor comigo – ela fala respirando fundo, seu corpo trêmulo embaixo do meu, suas mãos correndo em minhas costas.

– Eu amo quando você diz isso. Eu amo saber que você é minha. Você me faz tão feliz, Ju – eu passo as mãos pelas suas coxas, subindo para o quadril. – Você é tão linda. Eu não mereço você. – Eu sussurro contra seus lábios, e empurro meu pau mais fundo.

– Ohh, Daniel... – ela geme baixinho em meu ouvido, empurrando as mãos em meus cabelos e puxando minha cabeça para mais perto da sua. Ela olha dentro dos meus olhos e geme de novo. – Por favor, quero sentir você todo dentro de mim.

Um suspiro escapa do meu peito quando eu empurro um pouco mais e tomo seu pescoço com a língua e os lábios, para cima e ao redor da clavícula, pelo alto de seus ombros. Ela me aperta dentro dela, enquanto eu me movo lentamente.

Ela larga meus cabelos, e desce as mãos para os meus ombros, cravando as unhas em minhas costas. Eu esfrego meu pau em sua buceta molhada, enquanto ela geme e me arranha.

Eu a beijo mais uma vez e empurro com força dentro dela, enchendo-a completamente. Ela geme de prazer enquanto eu paro meus movimentos, sentindo seu corpo se ajustar ao meu.

Mais uma vez estávamos completamente ligados. Havia passado semanas desde que estivemos juntos dessa forma. Ali, olhando naqueles olhos castanhos que eu tanto amo, eu me dou conta de que nosso amor é perfeito, porque nós temos uma conexão especial. O sexo transcende o desejo carnal para ser uma celebração do nosso sentimento um pelo outro. É a única explicação que eu tenho para me sentir tão emotivo.

Fazemos amor pelo que parecem ser horas. Eu entro e saio de seu corpo, devagar e, em seguida, mais rápido, beijando, mordiscando e lambendo. Acaricio seu mamilo enquanto a penetro, dirigindo seu corpo ao limite para, em seguida, recuar apenas o suficiente para atrasar seu clímax. Eu a adoro, venero seu corpo, mostrando meu amor completamente.

Eu me movo dentro e fora dela, às vezes empurrando profundamente, às vezes com movimentos mais curtos e superficiais, até que finalmente acelero para nos levar até o fim.

Ela passa a mão em meu corpo, percorrendo minha pele banhada de suor, apertando minha ereção, quando eu finalmente acelero. Sinto seu clímax se construir, levando tudo de seu corpo, fazendo seus pés dobrarem e seu corpo ser completamente inundado por uma onda de prazer.

Eu seguro suas coxas, e enfio mais uma vez antes de chegar ao meu próprio clímax. Meu corpo inteiro treme. Eu a acaricio mais um pouco, seu corpo ainda apertando o resto do meu orgasmo, até que consigo diminuir completamente o ritmo e alinhar o meu corpo ao dela.

Mal conseguimos nos mover mas, bem devagar, nos acomodamos, meu braço embaixo do corpo dela, sua cabeça na curva do meu ombro. Os dois abraçados e juntos como não poderia deixar de ser, virados para a janela, com a vista iluminada de Manhattan a nossos pés.

– Eu não terminei ainda – ela fala, um pouco sonolenta.

– Eu realmente espero que não – eu falo, meus dedos brincando com uma mecha de seu cabelo claro.

– Agora que você está de volta, vou te usar como meu escravo sexual. Li na internet que mulheres grávidas ficam com a libido em polvorosa – ela fala e lambe meu pescoço. Deus, essa mulher vai me matar!

– Eu acho que ser escravo sexual de uma linda grávida é uma ótima carreira – eu falo rindo e ela se junta a mim com uma gargalhada. Nossos olhos se cruzam e brilham de felicidade. Só de ver aquele sorriso de volta ao rosto dela, meu próprio sorriso se alarga.

– Eu te amo, sr. Stewart. Muito, todos os dias, para sempre – ela sussurra e toca seu ventre liso.

– Eu te amo mais, futura sra. Stewart – eu a beijo e a puxo para mais perto de mim, nos acomodando de frente para a grande janela da suíte, para desfrutarmos da vista enquanto ouvimos James Morrison cantar *You Give Me Something*.

Ela se acomoda com a bunda colada em meu pau, e rapidamente ele desperta para a vida com ela se esfregando em mim desse jeito. Eu estou duro de novo, pronto para fazê-la gemer um pouco mais.

– Essa gravidez vai ser no mínimo interessante, baby.

Ela geme enquanto eu aperto seu mamilo, fazendo-o endurecer de excitação.

– Acho que vou manter você grávida para sempre – ela sorri e me beija na boca, e nós dois fazemos amor novamente.

Epílogo

Julie

Depois da nossa noite mágica de amor, me desliguei do The Rose Club para voltar para casa ao lado do homem que, por toda minha vida, sonhei em ter por perto.

Daniel parecia outra pessoa. A ideia de ser pai o deixou ainda mais carinhoso e protetor. Não me deixava fazer nada, só me mimando e beijando minha barriga o tempo todo.

Rob foi encantador e me liberou do contrato sem problemas. Ele disse que já sabia, quando Daniel ligou para falar sobre o plano, que eu não ficaria, mas que mesmo assim ele estava feliz e manteríamos contato. Eu fiz um amigo para o resto da vida.

De volta a Los Angeles, longe do frio cruel de Manhattan, Daniel me levou direto para a casa de seus pais, que ficaram encantados de nos ver juntos. Meu Danny, após os cumprimentos pelo meu retorno, pediu para conversar com Mary e Paul.

– Pai, eu preciso conversar com vocês um instante.

– O que houve, meu filho? – Paul pergunta, preocupado.

– Eu sei que a nossa família é a única que a Julie tem. E eu queria pedir a você, como representante dos pais da Julie, a mão dela em casamento.

– Oh, meu Deus, Danny querido – Mary falou e nos abraçamos, com lágrimas escorrendo no rosto.

– Meu filho – Paul segurou nossas mãos e falou, com um sorriso no rosto –, nada me faria mais feliz, e tenho certeza de que os pais de Juliette se sentiriam da mesma forma ao ver vocês dois juntos. Nós sempre falávamos isso quando vocês eram pequenos – uau! Que surpresa, hein?

– Lembro que quando engravidei de você, Danny, Lauren e Mark estavam tentando ter um bebê. Ela precisou passar por uma série de tratamentos de fertilidade, pois não conseguia engravidar. E, naquela época, não tínhamos a facilidade de ver o sexo do bebê, como hoje em dia. Nós passamos os nove meses inteiros da sua gestação torcendo por um menino. Porque queríamos que ele fosse mais velho, para que ela tivesse uma menininha e ele cuidasse dela, e os dois namorassem. Demorou trinta anos para você fazer isso, mas finalmente você vai tomar conta da nossa menina como nós imaginamos.

Eu olho nos olhos de Danny e lágrimas escorrem por seu rosto. Ele me dá aquele seu sorriso de menino, os olhos ainda mais verdes, se é que isso é possível.

– Nós temos mais uma coisa para contar – eu falo e Daniel passa os braços ao redor do meu corpo, daquele jeito que me faz sentir protegida. – Parece que eu não vou enfrentar a dificuldade que a mamãe passou para engravidar de mim. Daqui a cinco meses vocês vão ser vovôs!

Mary e John nos abraçam, todos nós muito emocionados com as novidades, e sentamos para conversar sobre o que estávamos planejando para o futuro.

Um dos nossos planos envolvia nossa festa de noivado, que está acontecendo hoje. Daniel fez questão que fosse em nossa casa de Santa Monica, para onde mudamos em poucas semanas.

Olho ao redor e vejo todas as pessoas que são realmente importantes em nossa vida. Amigos e parceiros de negócios de

Daniel, Mary e Paul, George e Ben, Johanna, Rafe e Zach, até mesmo os meninos da The Band estavam aqui. Alan fez questão de vir e nos parabenizar e ainda trouxe para nosso bebê um presente que amamos: um macacãozinho escrito "Bebês roqueiros não dormem a noite toda". Graças a Deus, Daniel e Alan se reconciliaram e se tratam respeitosamente. Eu decidi voltar a cantar no After Dark, às sextas, até a gravidez estar mais avançada, e seria terrível se o clima continuasse ruim entre os dois.

A festa estava animada e o dia ensolarado contribuía muito. Apoio-me na mureta do deque e viro em direção à praia, olhando a vista maravilhosa do Pacific Park com a nossa roda-gigante. Penso no quanto eu estou feliz, e sinto as mãos fortes do meu noivo passarem pelo meu corpo, me envolvendo em um abraço apertado.

– Hey, baby. Está tudo bem? Está sentindo alguma coisa? – ele pergunta preocupado.

– Não, amor. Estava só aqui, olhando a nossa vista e pensando em você.

– Não vejo a hora de essa gente toda ir embora para a gente poder ver outra vista, sozinhos – ele fala e eu solto uma gargalhada.

– Amor, você viu outra vista antes do pessoal chegar aqui.

– Ah, mas eu nunca me canso da sua paisagem – ele dá uma piscada para mim, com um sorriso de lado. Eu não resisto e o beijo.

– Sabe o que eu estava pensando? – pergunto, me afastando um pouquinho.

– O quê? Que você não consegue ficar longe de mim e do meu corpo sedutor?

– Não, seu bobo. Que ano que vem, nessa mesma época, seremos nós quatro aqui nessa casa.

– Quatro?! Você não vai me dizer que vamos ter gêmeos, né? Oh, meu Deus... se forem duas meninas...

– Esqueceu do Pepper, seu fiel escudeiro? – eu pergunto, rindo do desespero dele.

– Que susto, baby! Achei que eram dois bebês – ele sorri, parecendo mais aliviado. – Sabe o que eu acho, futura sra. Stewart?

– O que, sr. Stewart?

– Que esta será uma família linda e feliz.

Ele me beija, apaixonado, naquela tarde inesquecível, com nossa roda-gigante como testemunha. Sim, esta será uma família muito feliz.

George

Dois dias depois do glorioso show da garotinha para o Danny Boy, eles voltaram para casa. Eu mal posso acreditar que esses dois estão juntos de novo.

Foi um mês difícil para todos nós.

Eu sabia que a minha amiga estava arrasada com a atitude do seu boy magia, mas ao mesmo tempo senti pena de Daniel, que passou dias como um cachorro abandonado, sentado na porta da casa dela.

Minha primeira ação foi cuidar da Ju, que era a parte mais frágil na história, ainda mais quando ela descobriu que teria um bebê. Eu não entendo nada de crianças, mas entendo tudo de coração partido.

A Ju é minha irmãzinha e, se fosse preciso, eu me mudaria para Nova York para tomar conta dela. Lógico que eu não me importaria de passar a fazer compras na Bergdof Goodman da Quinta Avenida, patinar no gelo no Central Park e assistir à minha diva cantar no The Rose Club.

Mas, no fundo, o que eu mais queria era que meus dois queridos se acertassem. Daniel podia ser um homem das cavernas às vezes, mas a doçura da minha Julie suavizava o seu modo macho alfa de ser.

Ele só faltou ajoelhar e me pedir ajuda para recuperar sua namorada. É claro que eu não o deixaria na mão, mas precisava colocar um plano em ação, para que ele nunca mais surtasse e deixasse a Ju ir embora. Prazer, sou George, o conselheiro amoroso.

Eu prometi a Danny que o ajudaria, sim, ainda que estivesse traindo a confiança da minha amiga, desde que suas intenções com ela fossem sérias. Ele já tinha brincado o bastante.

Estava na hora de assumir suas responsabilidades – ainda mais porque eu sabia do bebê.

O primeiro passo foi me juntar à Mary para convencê-lo do casamento. Nem precisamos de muito esforço. Nós falávamos e tudo o que ele fazia era balançar a cabeça concordando.

A primeira coisa que ele quis fazer foi procurar uma casa grande para os dois. E cismou que tinha de ser no nome de ambos, para demonstrar que ele queria um compromisso sério com Julie. Eu não tinha como fazê-la assinar esse documento, mas ele me atormentou. Até que a Jo, nossa inteligente advogada, sugeriu que a Julie me passasse uma procuração para que eu pudesse ajudar em suas coisas em Los Angeles, enquanto ela estava em Nova York. Perfeito!

Daniel escolheu essa casa linda, na qual nós estamos hoje, em frente à praia de Santa Monica, que eles tanto amam. É enorme e parece uma casa de sonho. Nos fundos tem um deque de madeira, com acesso à praia e vista para o Pacific Park. O romântico noivinho mandou instalar um balanço lindo, de dois lugares, embaixo de um caramanchão florido, especialmente para nossa garotinha.

Eu tinha certeza absoluta de que ele a faria feliz. Por trás daquele jeito dele existe um homem extremamente romântico. Eu não sei como ele conseguiu segurar esse seu lado por tanto tempo.

Depois que resolvemos a questão da casa, era a vez de comprar as alianças. Já que ele queria minha ajuda para executar o plano, eu tinha de pensar nos interesses da minha amiga, né? Sugeri que fôssemos comprar as alianças na Tiffany e, obviamente, quando chegamos lá escolhemos a mais perfeita de todas. Ok, eu sei que dei uma exagerada, dizendo que nenhuma outra servia, mas a minha garotinha merece o melhor.

O resto, como dizem, é história. Ele foi até o castelo da sua princesa, em Nova York, colocou nela o sapatinho de cristal (ou melhor, a aliança de diamante) e fez o baile entre os lençóis.

Agora estamos aqui, nessa casa linda, cheia de alegrias, brindando o noivado dos pombinhos felizes. Eles estão vivendo o seu "felizes para sempre". Tiro uma foto dos dois abraçados, Danny com a mão no ventre da Ju, parecendo todo orgulhoso no seu papel de futuro papai.

Ben se aproxima de mim com duas taças de champanhe. Uh, lá lá! Danny Boy escolheu Champanhe Rose Brut Velvet Clicquot, edição limitada, para brindar o seu pedido. Muito bom! Pego a taça e brindamos aos noivos.

– Georgie, querido, agora que Julie e Daniel estão com tudo encaminhado, poderíamos viajar, no próximo ano, para a Europa. O que acha de fazermos uma temporada passando pela Itália, França... – Ben começa, mas eu corto logo.

– Ben, *chéri*, não! Não posso deixar Julie, ainda mais agora que o bebê vai chegar. Além disso, temos um casamento para programar. Eu *preciso* ajudá-la a escolher o vestido. Imagina se a minha melhor amiga vai agitar os preparativos do casamento e eu não vou estar aqui, por causa de uma temporada europeia! De jeito nenhum. Agora é que a diversão vai começar. Eu é que não posso abandonar tudo aqui para fazer um mochilão com você pelo velho continente, por mais que eu ame seu corpo sedutor.

Ben abre um sorriso divertido com aquelas covinhas. E eu não posso evitar de admirá-lo. Ele é, realmente, o meu... espera! Noto algo estranho acontecendo.

Zach e uma mocinha estão trocando olhares, no mínimo, curiosos, quando acham que ninguém está olhando. Zach emana toda essa energia sexual primitiva por onde passa, mas deve ser impressão minha. A sensação que eu tenho é que, se os dois tivessem algo, ele iria engoli-la. Não que isso seja ruim...

– O que houve, Georgie? – Ben me pergunta, olhando na mesma direção que eu.

– Não sei, *chéri*. Mas tem algo acontecendo ali. E eu vou descobrir, ou não me chamo George Preston!

– Georgie! – Ben me chama atenção. – Você não pode ficar fiscalizando a vida dos seus amigos assim!

– Ben, não me chame de fofoqueiro! Estou simplesmente cuidando do bem-estar das pessoas que amo. Meu Deus, ele saiu da varanda! Ela agora está indo atrás. Ben, estou *passado*!

Ben ri, se divertindo com o meu susto. Eu não sei o que esses dois estão fazendo, mas com certeza é alguma coisa errada. E eu vou descobrir. Ah, vou!

Playlist

1. Baby One More Time – Britney Spears
2. Put Your Records On – Corinne Bailey Rae
3. She Will Be Loved – Maroon Five
4. Fever (Acústico) – Madonna
5. Unwritten – Natasha Bedingfield
6. Need You Now – Lady Antebellum
7. Come Away With Me – Norah Jones
8. You're Beautiful – James Blunt
9. Take Me Out – Franz Ferdinand
10. Brand New Me – Alicia Keys
11. Every Night – Paul McCartney
12. Tears in Heaven – Eric Clapton
13. Crazy for You – Madonna
14. Real Love – A.C. Meyer
15. Someone Like You – Adele
16. I Do It For You – Brian Adams
17. I Never Told You – Colbie Caillat
18. You Give Me Something – James Morrison

Música *Real Love*

Real Love

Our moments are like a dream
I never imagined it could become true
My mouth on your mouth
Your hand on my body
Your caresses that make me love you

When I feel the taste of your kiss
I allow myself to fantasize
That between us is forever
And without me you can't stay

You are my dream
And I want to be yours
Let me stay with you forever
I want to be yours forever

I love you
And I don't even want to
Think about losing you
My sweet love
Ohh my real love

Verdadeiro Amor

Nossos momentos são como um sonho
Eu nunca imaginei que poderia tornar-se realidade
Minha boca em sua boca
Sua mão no meu corpo
Suas carícias que me fazem te amar

Quando eu sinto o gosto do seu beijo
Permito-me fantasiar
Que entre nós é para sempre
E sem mim você não pode ficar

Você é o meu sonho
E eu quero ser o seu
Deixe-me ficar com você para sempre
Eu quero ser sua para sempre

Eu te amo
E eu não quero nem
Pensar em perder você
Meu doce amor
Ohh meu verdadeiro amor

Para as românticas...

Este livro foi composto nas fontes Angelina, Bembo, Caflisch Script MM Swash,
Courier New, Daniel, GriffithGothic e Miss Le Gatees,
e impresso em papel *Norbrite* 66,6 g/m² na Imprensa da Fé.